# L'ÉPERVIÈRE
# EN PROVENCE

DU MÊME AUTEUR

Editions Lucien Souny
*Un Parfum de farigoulette*
*Marie des garrigues*

Editions L'Ecir
*Le Hameau près du ciel*
*La Combe Noire*

Editions Bénévent
*Les Contes du miroir*

Alysa Morgon

# L'ÉPERVIÈRE EN PROVENCE

Lucien Souny

Editions Lucien Souny, 2013
Les Allois • 87400 La Geneytouse

*À Timéo, le dernier-né,* lou caganis *de la famille.*

*À Isabelle et Christian, ses parents.*

*Le parler que j'aime, c'est un parler simple et naïf, tel sur le papier qu'à la bouche, un parler succulent et nerveux, court et serré, non tant délicat et peigné comme véhément et brusque.*

*Essais*, I, 26
Michel EYQUEM DE MONTAIGNE

Avril 1950. Le mois d'avril est presque chaud dans ses soupirs et dans ses eaux qui palpitent dans tous les prés. C'est un printemps tel qu'on les aime, c'est-à-dire joyeux et parfumé, un long poème. Toutefois, il garde dans ses manières empesées quelques zestes d'hiver : des gouttes de rosée ornées de givre parfois, le matin et le soir ; des fards d'été sur les paupières au moment de midi, bref, un véritable amphigouri. Alors, comme chaque fois en cette saison imprévisible où il ne faut point se découvrir d'un fil, Jérémy porte encore son costume en velours côtelé marron, son chapeau de feutre du même ton, ainsi qu'une fantaisie nouée autour du col de sa chemise : un cordonnet brun, faisant une ganse, et dont les bouts dorés torsadés tombent avec élégance sur le devant de son gilet boutonné. Un vrai *Maistre des Bastides*, sérieux et distingué, de ceux qui possèdent une belle propriété.

Pourtant, la sienne, L'Épervière, il l'a seulement héritée de son père, et, tout comme lui, il n'a jamais beaucoup travaillé la terre. Certes, assez pour la connaître et l'apprécier, mais pas de quoi vraiment se briser l'échine, prendre de la corne aux mains et la peau tannée. Tous deux avaient pour cela une bonne raison : le grand-père Arnaud qui les avait précédés, qui avait beaucoup œuvré auparavant, avant de prendre un métayer et des saisonniers pour faire les moissons, parce qu'il avait eu la chance de faire fortune avec le blé, et quelques bons du Trésor, comme aime à le préciser Jérémy, lorsqu'on évoque la question.

— Je me suis contenté, comme mon père, de traiter avec les grossistes céréaliers, ce qui n'était pas toujours une simple formalité. En plus de devoir argumenter, il me fallait surtout convaincre, mais il paraît qu'alors j'avais la parole facile, le sens aigu de la persuasion et une certaine habileté pour faire fléchir les plus têtus comme les moins convaincus, avant de renverser la situation. Ainsi, je n'ai fait que garder précieusement le domaine, par respect pour la terre, le nom de famille, et pour tous les miens : ceux d'hier, d'aujourd'hui, et les héritiers de demain.

Pourtant, ce qu'oublie de préciser Jérémy, c'est que les soucis de la vie en ont mangé quelques arpents, quelques belles parcelles précisément, mais par nécessité, non par envie. À présent, la terre qui reste est moins sollicitée. Après tout, elle a bien mérité de se reposer. De toute façon, Charles, l'homme à tout faire de L'Épervière, le mari de Maria, la cuisinière, a bien pris la relève, mais pour garder intacts le jardin, les chemins et les grands ombrages : en quelque sorte, les quartiers résidentiels de l'héritage. Quant au peu de champs qui restent dans le lointain, c'est Macari fils, le métayer, qui s'en occupe, ne récoltant que des rendements de faible quantité, qui suffisent, toutefois, à faire encore exister L'Épervière et à éviter de voir la bourse se vider complètement. De cette façon, le domaine produit bien moins qu'avant, mais reste cependant agréable à regarder, ce qui évite à toute la maisonnée de voir bruiner ici et là les larmes du temps passé, les embruns du regret.

Malgré les ans qui pèsent de plus en plus sur ses épaules, à légèrement le voûter, lui donnant un petit air de lassitude par instants, Jérémy garde, malgré tout, cette allure un peu fière, parfois noble, de vieux Provençal, de riche paysan, presque bourgeois dans ses manières, dans ses paroles, mais au tempérament, au caractère bien trempé, qui ne s'émousse guère, mais que l'on ne peut ignorer, parce qu'il est aussi impétueux que celui du mistral qui ne cesse jamais de souffler en ces lieux.

Ce matin, il se dirige vers La Bastide Neuve où demeure son ami Benjamin, complice du même âge et de même condition, compagnon d'enfance et de maturité, compère de patience et de joyeuseté. Il a pris, pour cela, un pas de promenade, presque, un pas de visiteur. Ailleurs, on dirait assurément qu'il va d'un pas de sénateur, non de celui d'un conquérant, mais ici on parlerait plutôt d'un train de limaçon, l'escargot de Provence, que l'on va ramasser au temps chaud, avec patience, pour faire *l'aïgo sau.*

« *À l'aïgo sau leï limaçoùn! N'aven dei gro e dei pitchoùn!*

« À l'eau salée les limaçons ! J'en ai des gros et des petits ! »

Tout le monde connaît la chanson que psalmodiaient les jeunes marchandes autrefois, rajoutant des harangues à leur chant en patois. Et Jérémy se plaît encore à la fredonner aussi, lorsqu'il ramasse ces petits escargots chamarrés, allant de minuscules grains de sel, pauvres virgules, jusqu'aux plus gros, boutons de nacre sur un paletot. Il y en a des beiges clairs et des foncés, des blancs, des roux, des tout percés, mais ceux qui ont sa préférence, ce sont ceux habillés d'un costume rayé. Il les trouve d'une belle prestance, si distingués. Pourtant, qu'ils soient vêtus très simplement ou au contraire endimanchés, ils se mélangent tous, en familiarité, se montrant par grappes entières, par paquets, collés les uns sur les autres, en pièce montée, ou parfois, inversement, se tenant espacés le long des fenouils blonds qui bordent les sentiers, leur cousant un galon, un ourlet.

Une fois de retour à la maison, Jérémy porte son sac à la cuisine et le vide dans la bassine. Ce qui fait, chaque fois, rouspéter Maria :

— Je viens à peine de terminer de nettoyer, et vous venez tout me *mâchurer*. Je vais être bonne pour recommencer à astiquer, à cause de bestioles de quatre sous, et si petites que c'est plus de travail pour les préparer que pour les manger. Pauvre de moi, vous n'avez aucune pitié !

Mais, en réponse, il rigole en haussant les épaules et lui laisse le tout dans l'évier. Pourtant, l'exaspération passée, comme une ondée, dans les jours qui suivront, Maria, peu rancunière, en bonne cuisinière, préparera l'*aïgo sau*. Pour cela, elle sortira la grosse marmite, celle achetée tout exprès, qu'elle remplira d'eau froide salée, et dans laquelle elle jettera les limaçons qu'elle aura fait jeûner auparavant, et qu'elle aura lavés à grande eau, trois ou quatre fois. Elle les accompagnera d'une belle poignée de fenouil, avant de faire chauffer le tout, pas trop vite, mais jusqu'à venir à ébullition gros bouillons. Ensuite, elle rajoutera, tout de même, un petit rien de je ne sais quoi, de l'écorce d'orange ou de citron parfois, sans oublier du thym et du laurier, quelques belles gousses d'ail violet, et de l'huile d'olive, juste un filet, ce qui va rendre, malgré tout, le bouillon gras et parfumé.

— Le bouillon du roi ! s'écriera Jérémy, lorsque, plus tard, au cours du repas, il se léchera les doigts, parce qu'il aura débusqué de leur frêle coquille, à l'aide d'une minuscule épingle à tête, ces peccadilles de gastéropodes aromatisés à l'anis.

Mais durant ce bavardage en aparté, ce long salmigondis, Jérémy, lui, s'est enfilé dans les ruelles du village. Il s'agit, en vérité, d'une belle crèche tout en étages superposés, qui s'appelle Démourge, et qui reste plantée sur un mamelon où s'agitent tous les santons que sont ses habitants, dans leurs cheminements coutumiers. Peu après, parvenu de l'autre côté, Jérémy approche de la bastide de son ami, et une fois le portail franchi, au moment où il s'engage dans l'allée de terre cramoisie, apparaît déjà Louisette : mamette qui trottine en s'essuyant les mains à son tablier gris, celui du temps jadis, du ton de ses cheveux, assorti à ses peines qui se sont tissées en sourdine aux soucis de la vie. Tout en venant au-devant de lui, elle tourne la tête vers le fond du jardin, pour appeler gaiement :

— Benjamin ! Voilà de la visite, tu viens ?

Puis, d'un large sourire, elle accueille son visiteur en l'embrassant avec plaisir, faisant claquer les baisers de bon cœur, et plisser ses yeux noirs pétillants, maquillés aujourd'hui de rides de bonheur.

— Laissez faire, Louisette, ne vous compliquez pas la vie. Je vais aller le chercher tout seul comme un grand, lui explique-t-il avec amusement.

Sans attendre, en effet, il emprunte une sente de rien, un tiret minuscule, qui monte, qui descend, en pentes ridicules, chemin de vers à soie. Un peu plus loin, d'un autre pas, il franchit un portillon de bois, tout de guingois, toujours ouvert d'une moitié, en invite au jardin potager. Ensuite, il longe un carré de salades frisées, puis suit une maigre allée désherbée qui traverse successivement des rangées de tomates carmin et de haricots verts, des alignements de blettes bien guindées, de belles aubergines au vernis zinzolin, de petits pois gourmands qui commencent à grimper à l'assaut de cannes sèches plantées en croisillons, avant de s'arrêter un instant, pour crier, cette fois, la main en pavillon, en porte-voix :

— Benjamin ! *Moùn t'ès passa* ?

Eh oui, parfois, Jérémy parle aussi le patois; pas seulement dans les chansons, mais aussi dans la conversation. Oh, quelques mots, par-ci par-là, semés de la même façon que l'on effeuille du persil, du basilic dans un bon plat, pour le plaisir de la cuisine et celui des repas. Lui, il les glisse en signature, afin de ne point les oublier et que ses racines durent.

N'entendant aucune réponse, il s'avance encore un peu parmi des framboisiers épineux, se faufilant toujours plus loin, entre leurs ronces où il s'égratigne les mains, et où s'agrippent ses cheveux, sans toutefois qu'il ne renonce. Enfin, il s'engage dans l'imposant carré fruitier, où les arbres s'alignent en véritable armée, mêlant des longs, des maigres ou bien des ronds, bras tendus vers le ciel.

Caché par un gros cerisier, quelques fruits nez perlé, parmi les feuilles tendres qui semblent les protéger, apparaît, tout d'abord, un grand chapeau de paille, suivi, par en dessous, d'un visage joyeux, coupé en deux par une moustache en bataille.

— Oh, Jérémy, *qué fà ciàn ?*

— Qu'est-ce que tu veux que je fasse ? Je viens te donner le bonjour puisque tu ne connais plus le chemin de L'Épervière. Ça fait cent ans que tu n'es pas venu me voir. Tu es fâché ou tu fais semblant ? Tu me tiens la grosse rigueur, ou tu me fais bisquer ?

— Ni l'un ni l'autre, qu'est-ce que tu vas chercher ? J'ai du travail, c'est tout.

— Un travail de retraité alors, parce qu'il te fait surtout passer le temps, plutôt que gagner des galons ou de l'argent !

Benjamin descend de l'escabeau sur lequel il était perché, pose son sécateur dans le creux de deux branches, un nid d'oiseau, un bénitier pour les dimanches. Puis, sans tarder, il défait les liens de son tablier bleu-de-Chine qui l'enveloppait de la taille aux pieds, pour le rouler ensuite et en faire aussitôt un saucisson *Mireille* qu'il glisse sous son bras, en geste familier, avant de demander, comme s'ils s'étaient quittés la veille et non en mars dernier :

— Tu viens m'annoncer une bonne nouvelle ou me donner un coup de main ?

— Le coup de main, c'est volontiers si tu en as vraiment besoin, mais qu'est-ce que tu veux que je t'annonce ? Je ne suis pas le *Petit Marseillais*.

— L'héritier par exemple, que Mathieu l'a enfin commandé aux *Galeries Farfouillette*, et qu'on te l'a mis de côté. Qui sait ? Tu n'as peut-être plus qu'à aller le chercher. Et va savoir s'ils ne comptent pas sur toi pour le payer !

— Tu sais très bien que mes jeunes ne sont pas pressés. Ce sont de vraies lanternes qui ne tiennent même pas éclairées. J'ai beau leur dire que je souffre le martyre en silence, ils font la sourde oreille. À croire qu'ils le font exprès. Tu sais comment je finis par l'appeler, moi, cet héritier ? *L'héritier des cigales* : parce qu'il met plus de temps à naître que ces chanteuses de l'été qui restent cachées sous la terre pendant cinq ans avant de se montrer. Alors cinq ans, crois-moi, c'est long, et ce n'est pas près d'arriver ! En attendant, je me rapproche du mamelon des pierres plates. Tu verras, Benjamin, c'est là-haut qu'ils vont venir me l'apporter pour me le faire voir, pendant que j'attends tous les jours, en bas, en chair et en os, prenant des racines de figuier, et en me morfondant bien fort, parce que rien ne pointe à l'horizon. Pas une once d'espoir pour le nom de famille qui est en train de disparaître, de tomber dans l'oubli, dans un puits sans fond où rien ne l'arrête, pire que l'infini !

Il a terminé sa phrase avec une grosse voix d'outre-tombe, avant, toutefois, de se mettre à rire volontiers.

— Tu n'es jamais sérieux, même pour les choses avec lesquelles tu ne devrais pas plaisanter. C'est bon pour te porter guigne, malheureux ! lui fait remarquer Benjamin, tout en reprenant la petite allée qui s'ouvre devant eux.

Puis, pour le consoler, il lui propose, en lui tapotant sur l'épaule :

— Allez, on va rentrer boire quelque chose de gai pour nous requinquer. Ça nous fera au moins retrouver l'amitié, que je te sens tout retourné.

De fait, ils refont ainsi le trajet inverse en direction de la maison. À cet endroit, la sente est bordée, de chaque côté, de magnifiques ophrys grenat, au velours délicat, ainsi que de petits iris jaunes et bleu pâle, presque blancs, un soupçon, une porcelaine d'opale. Ils frémissent tous sous le vent en se frôlant les joues, se faisant des câlins, des bisous dans le cou. Les plus gros croisent leurs cannes, leurs tiges enfermées au cœur de feuilles raides nervurées, amidonnées, et leur tête, en panne de velours, garde accrochés sur leur langue des petits mots d'amour : quelques pépites d'or oubliées. Pourtant, demain, les fleurs les avaleront d'une seule gorgée, lorsqu'elles se faneront en se ratatinant, se recroquevillant sur elles-mêmes, de la même façon que se ferme le poing dans le creux d'une main, pour garder un secret.

Pendant qu'un bourdon à grosse voix visite ces petites fleurettes dans tous leurs entrelacs, leurs atours, dans leur jolie robe de grand couturier, création du faubourg, faubourg Saint-Honoré, Jérémy, lui, ne leur jette pas un regard. Au contraire, la discussion, soudain, se met à redoubler :

— Tu vas m'offrir de la piquette ?

— Oh ! mon pauvre, la piquette, il y a longtemps qu'il n'y en a plus !

Puis, se tournant vers Jérémy, il rajoute en confidence :

— Comment veux-tu faire ? Maintenant, avec leurs coopératives à la noix de coco, tu ne peux même plus t'approcher du moût ! Et si tu comptes sur les jeunes pour te donner un coup de main, tu peux te lever tôt, parce qu'ils ne parlent plus que de leur whisky. Quant à ceux de la ville, c'est encore pire, c'est une vraie calamité. Inutile de leur demander, ils ne savent même pas ce que c'est, une coopérative. Alors, laisse tomber !

Suivent quelques pas silencieux, après ces derniers mots de regret. Mais ils filent, en petits pas de vieux, toujours tranquilles, parmi des parfums délicats, délicieux, qui pétillent. En réalité, ce sont quelques fragrances, napperons d'organdi qui restent ainsi endormis, cinq pans au-dessus du sentier, en redondance, telle une brume satin qui se faufile, que l'on caresse de la main, sans pouvoir vraiment la cueillir. Pendant ce temps, les deux compagnons de vie et de voyage ajustent leur pas, en air de sollicitude et de partage, passant au milieu d'eux, mais ne les remarquant même pas. Voilà ce que c'est, l'habitude : un bandeau noir sur le nez et les yeux, pour ne rien sentir, ne rien voir sous ces cieux. Mais quelle ingratitude !

Parvenus devant la maison, ils s'attardent sous les platanes chevelus, écartelés, qui tissent leurs branches planes sur le métier du temps vécu. Des arbres ronds, de fortes dimensions et au port parfait, qui brodent un accueillant ombrage. Ils caressent le toit, frôlent de leurs longs doigts les murs de la maison en gestes d'affection. Leurs troncs, tout chiffonnés, cloqués, tendent leurs pieds, leurs racines patience, afin de serpenter autour, en rubans ornés d'excroissances. Leurs doigts croisés tressent ainsi une tonnelle sombre qui abrite la terrasse fermée d'un tout petit muret, haut de deux ou trois pieds, quatre pommes. Le sol est carrelé de belles tomettes fauves, plus ou moins hâlées par le soleil d'été et les gelées d'automne. Les unes sont dorées, les autres presque brûlées, telles les tartines du petit déjeuner, grillées de trop ou pas assez. Le soir, le sol devient presque un miroir brillant sous l'argent de la lune qui vient de se lever, avant d'y déverser son lait, comme un fou coulerait sa fortune.

Les deux grands-pères s'installent autour d'une petite table en fer forgé, tout ajourée, et Benjamin se met à crier en direction de la porte d'entrée :

— Louisette, ma belle, par hasard, tu ne nous porterais pas quelque chose à boire ? Une bouteille de *jaquez* par exemple, ce serait une bonne idée !

Puis il précise à Jérémy :

— C'est le meilleur vin que je connaisse, parce qu'il vient de la vigne du four à chaux. Pas besoin de lui coller une étiquette sur le front, on sait tout de suite qu'il sera bon.

— Il fait peut-être 16°, ton vin de liqueur, non ? Et c'est toujours, j'en suis sûr, le plus raide du village.

— Oh, il ne vaut pas celui d'antan qui rendait fou, puisque parfois il titrait jusqu'à 18°, mais je suis peut-être bien le dernier qui en garde encore dans un coin du cellier.

Passé ce petit air naturel de fierté, aussitôt, Benjamin soupire.

— Qu'est-ce que tu veux, petit à petit, les vignes disparaissent parce que le raisin sauvage c'est la même chose qu'une bête, un jour, pffuit, il reprend sa liberté sans rien te demander, pas si bête !

Jérémy hoche la tête pour accord, avant de répondre en souriant :

— Tu ne peux pas le mettre en cage, *pavré*, tu le mets simplement en bouteille, mais sitôt après, tu le bois. Alors, qu'est-ce que tu veux, tant pis pour toi et pour moi !

— Tant mieux, tu veux dire ! Car ce n'est quand même pas une calamité que de le déguster. C'est peut-être même une récompense.

— Non, c'est pire, Benjamin, parce que, après, tu n'arrives même plus à t'en passer. Alors tu as fait une belle chose, *tè*, que de me le faire goûter !

— Faut en profiter, parce que je crains fort que ce soit bientôt la dernière !

— Ne parle pas de malheur ! Sinon, avec quoi on baptisera l'héritier s'il se décide à arriver ?

— Avec l'eau de M. le curé, c'est plus simple et même conseillé. Mais cela risque fort de nous faire rouiller.

Ils rient tous les deux, avant de rajouter :

— Que veux-tu, Jérémy, les bouteilles, ça prend aussi de sacrés coups de vieux…

Suit un petit air de nostalgie, un long souffle d'hier se moquant d'aujourd'hui. Du coup, Jérémy reprend ce ton tristounet qu'il semble ne pas vouloir quitter aujourd'hui.

— C'est vrai, le cierge va bientôt s'éteindre, et pas besoin de regarder la flamme pour savoir qu'il n'y a plus de cire dessous. On le voit, rien qu'à la bobèche.

— Arrête, sapristi ! Depuis que tu es arrivé, tu me mâchures tout en noir sénégalais. Tu vas finir par me faire pleurer !

— C'est la vérité, Benjamin, la simple vérité. « La vérité vraie du père Bésajé », comme disait mon oncle Jules ; tu t'en souviens, jamais il ne jurait.

Il est vrai que Jérémy a toujours cru et répété cette formule sans rien demander, sans savoir qui était Bésajé. À croire qu'il a toujours été crédule et perroquet. Mais complicité sans doute, car ils finissent par en rire tous les deux. Et Benjamin confirme, en hochant la tête :

— Ah, tu ne changeras jamais, toi et ta joyeuseté.

— Qui est-ce qui ne changera jamais ? demande Louisette qui revient, tenant dans une main la fameuse bouteille annoncée, déjà ouverte, et, dans l'autre, deux petits verres roses teintés, torsadés.

— C'est vous qui ne changez pas, lui, Benjamin, et moi peut-être, sans parler du pays, pardi !

— Oh, nous, on ne change pas parce que nous faisons le chemin ensemble, du même pas, mais le pays, ils finiront bien par nous l'*escagasser* complètement, vous verrez.

— Regardez la Sainte-Victoire, Louisette, elle n'a pas bougé d'un millimètre.

— Que la Bonne Mère vous entende !

Et se tournant vers la montagne, elle constate :

— Ce soir, elle exagère, la voilà qui se maquille pour se faire remarquer.

Du coup, les trois comparses regardent la belle fiancée de Cézanne se pâmer d'amour. Ils détaillent la montagne mythique du pays aixois, allongée, magnifique, tel un paquebot, un chat en tapinois ; avec sa crinière de cheval qui recouvre son cou ; des dentelles sur ses flancs, des froufrous, parcourus d'un long frisson sous les coups de mistral, terrible compagnon de mille ans d'existence en pays provençal. Effectivement, ce soir, comme souvent, la voilà qui joue les magiciennes en s'éclairant de mille feux. La voilà qui s'encape de mauve, de jaune et de bleu, puis, en trois secondes, d'un peu de violet en camaïeu ; celui que l'on peint aux lourds volets des mas, aux portes des bastides, celui qu'elle rajoute aux plis de ses ravines, les faisant ressembler à des peaux de brochets. Ce décor étant immortel et toutes ces couleurs éternelles, Louisette affirme :

— Demain, il fera mistral.

Puis, de contrariété, elle dodeline de la tête.

— Sûr, avec ce soleil qui fait le gros caprice, il fera *mistraoù*, il n'y a pas à se tromper. Et à voir ses exagérations, nous aurons même droit à un bien campé, un fort, un enquiquineur de première ! répond Benjamin en riant.

Mais Jérémy lui précise, pour le taquiner :

— Celui habituel, qu'est-ce que tu crois ! Il suffira de se boucher les oreilles.

Tout en faisant le geste de visser, de chaque côté, ses deux index dans les siennes, il rajoute, en parlant plus fort :

— Pour qu'il n'y ait pas de courant d'air. Sinon, gare au pois chiche, il pourrait faire glin glin à l'intérieur !

Sur quoi, il éclate de rire en écartant ses mains, car Jérémy c'est un farceur, un sacré comédien ! D'ailleurs, l'air affligé qu'il avait tout à l'heure, vient de passer, s'en est allé presque en claquant des doigts. Mais a-t-il seulement existé ou a-t-il fait semblant ? « Ça, c'est le secret du Chinois », comme disait aussi le fameux oncle Jules, (déjà nommé). Mais lorsqu'on le questionnait sur ce que cela pouvait bien vouloir dire, il n'avait pas de réponse à donner, et concluait alors en s'amusant :

— Pourtant je lui ai demandé, au Chinois, ce qu'était son secret, mais comme il ne parle pas français, je n'ai rien compris à ce qu'il m'a raconté. Du coup, je suis resté sur ma faim, et on ne le saura jamais, à moins d'aller jusqu'à Pékin !

Loin du Chinois et de l'Empire du Milieu, tous trois regardent le ciel qui offre des exubérances, un mélange audacieux de formes et de couleurs, d'ambre mêlé de miel, pour apaiser la terre après son dur labeur, donnant à ce moment où la vie s'alanguit, se transforme, quatre sous de mystère, le temps que tout s'endorme et que tombe la nuit. À présent, voilà que le soleil s'effiloche en flammèches dorées, enrubannant de pourpre et de fils orangés le bord de l'horizon ; il dévide ainsi son cocon, son écheveau de soie, déroule ses cheveux d'or une dernière fois, puis finit par fondre, par s'évanouir dans de mouvantes ombres. Un tableau peint par les anges, tous ceux du paradis, tous ceux de l'univers, du bout de leurs ailes infinies, de leurs pinceaux étranges.

Mais Louisette repartie, les deux papets reposent leur verre de *jaquez* qu'ils viennent juste d'achever. Jérémy toussote, retrousse ses moustaches, rajuste son chapeau qu'il n'avait point quitté, avant de s'exclamer en sursautant :

— Tu as vu l'heure ? Il faut que je m'en aille, ou je vais me faire assassiner !

Le temps de se lever, de glisser la chaise sous la table, et il rajoute, cette fois, d'un air très inspiré, comme il sait d'ailleurs souvent en composer :

— Bon, maintenant, tu vas peut-être bien accepter de faire un petit effort ?

Voyant l'étonnement de Benjamin, il lui explique :

— Oui, un effort de marche à pied, qui pourrait te mener jusqu'à L'Épervière, par exemple. Que ce soit toi qui manges les kilomètres à ma place la prochaine fois ; que je n'aie pas l'impression que cela se fait toujours dans le même sens. Enfin, je te laisse y penser à tête reposée. Allez, adieu, collègue.

— C'est ça, porte-toi bien, je vais y réfléchir.

— Ne réfléchis pas trop longtemps tout de même, parce que la ficelle s'use, et à force il se pourrait bien qu'un beau jour elle te pète dans la figure !

Puis, pour finir, ils s'embrassent comme si de rien n'était. Avec eux, c'est toujours ainsi que cela se termine. Voilà qu'au lieu de s'étriper ils se câlinent : « Chien et chat, mais sans bâton ! », expliquerait Irma si elle était là. « Ils s'égratignent tout le temps, mais en faisant patte de velours. Alors, comment veux-tu qu'ils ne recommencent pas tous les jours, s'il n'y en a pas un qui fait la loi ! », pourrait rajouter Maria.

Pendant ce temps, Jérémy s'éloigne, faisant celui qui ne voit rien, qui n'entend rien, et finit par lancer à la cantonade :

— Adieu, Louisette, ne vous dérangez pas !

Mais c'est déjà trop tard : elle est sur le pas de la porte, lui faisant un signe de la main.

Là-bas, en un instant, le ciel s'est assombri et, dans une ombre grise, la Sainte-Victoire disparaît, fond sa carcasse bise striée de mille traits bleutés, telle l'agate d'un jeu de billes, abandonnée dans la cour de récré.

*
* *

Sans attendre, Jérémy s'est éloigné de la Bastide d'un pas pressé, car l'obscurité commence à larguer sa grand-voile et à semer au ciel quelques poignées d'étoiles comme on jette du blé. Par là, cela fait hésiter ses pas. Aussi parfois s'arrête-t-il. Il semble presque en quête, alors qu'il reste simplement en alerte, afin de tout observer : le gros, ainsi que le petit, le loin ou bien le près, et ne rien oublier, pour tout raconter, demain, s'il en était besoin, au petit héritier, ce long absent, ce grand tourment, cet éternel regret.

La courte côte qu'il suit finit par faire le gros dos une dernière fois, en vieille chatte, en escargot. Pourtant, il presse encore le pas, car la nuit fait couler son encre, étale ses atours, tel un cœur qui bat dans son antre tout capitonné de velours. Puis le sentier cesse enfin de grimper sur la mystérieuse colline, qu'à peine l'on devine, pour s'achever sur le flanc du coteau, aussi fatigué que le pauvre grand-père. Celui-ci, d'ailleurs, s'arrête un instant, regarde le porche en pierre dévoré par le temps, portail aux bois mourants, mais qui lui tend ses bras affectueusement. De chaque côté, sentinelles fidèles, deux longs cyprès triomphants montent la garde en agitant leur pointe noire, flamme de chandelle ballottée par la brise du soir.

À cet endroit, commence la propriété, son domaine séculier : L'Épervière en Provence. C'est d'un meilleur pas que le précédent que Jérémy franchit le portail, tandis que, sans hésiter, le chemin, à son tour, dégringole de l'autre côté pour aller se réfugier plus bas, dans le creux du vallon. Là, une vieille bâtisse se love dans un nid, en oisillon, en petit loir tout endormi. Sur le devant, un gros pilier, s'arc-boutant, se jette d'un mur à l'autre dans une enjambée nonchalante, une arche à la pause lascive et charmante, tel un bras posé. Elle unit, presque amoureusement, la grange à la maison, fermant ainsi sur trois côtés une grande cour grossièrement pavée, qui luit sous la lune apparue, comme une pièce de dix louis. La maison familiale a traversé quatre générations de Fonteclaire sans broncher, mais la cinquième se faisant encore attendre, on le sait, Jérémy soupire très fort pour se lamenter sur son sort, au cas où le ciel l'entendrait. Puis il pousse la porte d'entrée.

Là, il accroche d'abord son chapeau au vestiaire ; sans se baisser, il enfile ses pantoufles qui restaient à moitié cachées sous la bonnetière, et enfin ouvre brusquement la porte de la salle à manger, faisant sursauter ceux qui y étaient installés. Mais il n'a pas le temps de souffler ni de s'approcher, encore moins de s'asseoir, qu'aussitôt se font entendre les reproches. Et ce soir Mathieu et Émilie ne gardent pas la langue dans leur poche :

— Te voilà enfin ! Mais où étais-tu passé ? On commençait à s'inquiéter. Tu as vu l'heure ?

Jérémy ne répond pas à son fils, se contentant de humer le fumet qui vient de la cuisine, en ruban qui se glisse, faisant se retrousser les nez.

Émilie, le voyant faire, se tourne vers la porte entrouverte, pour lancer en souriant à la cuisinière qui attend :

— Vous pouvez servir, Maria, s'il vous plaît.

S'asseyant en bout de table, Jérémy se frotte les mains de satisfaction, pendant que sa bru remplit son assiette. Ce qui lui fait plisser les lèvres de gourmandise et d'appétit. Mais Mathieu l'interroge, sans avoir pitié de sa faim ni de son envie.

— As-tu écrit à tante Irma, au moins, pour lui dire que nous l'attendons pour les vacances de Pâques ?

— Hum, hum, répond l'intéressé, prétextant la bouche pleine.

Mais le fils insiste :

— Fais-le sans tarder ou tu vas l'oublier.

N'obtenant pas plus de réponse, il s'agace :

— C'est ta sœur tout de même, je ne comprends pas pourquoi tu n'arrives pas à la supporter. Elle ne prend pas beaucoup de place, pourtant.

— Tu parles ! Il lui faut tout l'escalier, une partie du premier étage et toute la salle à manger. Et je ne parle pas de la salle de bains qui est son quartier préféré. On ne doit pas parler de la même personne, ou cela fait belle lurette que tu ne l'as pas vue. À moins que ce ne soit par le petit bout de la lorgnette.

Après un temps, tout en continuant de manger, il rajoute, pour faire une autre conversation, car la précédente doit l'ennuyer, sans doute :

— De toute façon, si elle a changé, faut pas chercher, c'est de la faute à Émilie.

Surprise, cette dernière le regarde, yeux écarquillés, pendant qu'il poursuit :

— Oui, oui, ne faites pas l'étonnée.

Puis, regardant Mathieu dans les yeux, il questionne :

— D'ailleurs, qui, Émilie, n'a-t-elle pas séduit, dans cette maison ? Je te le demande !

— Père, je ne savais pas que je vous avais conquis aussi.

— Mais je n'ai pas dit cela non plus. Cependant, depuis que vous êtes arrivée, il faut bien reconnaître que vous avez su mettre tout le monde dans votre poche. Enfin, plutôt, dans votre gousset, car c'est plus petit, aussi doit-on forcer pour y entrer. Et peut-être que, pour certains, c'est bien ce qu'il s'est passé.

Là, il fait mine, avec son index pointé, d'enfiler sa serviette dans le trou de son poing fermé. Puis il renchérit, mais en fixant la porte de la cuisine :

— Même Maria, vous vous l'êtes entortillée. Et je me demande comment vous avez bien pu vous y prendre. C'est plutôt fort de café ! Ou elle a changé, elle aussi, ou vous faites des miracles. Mais n'allez surtout pas vous prendre pour le Bon Dieu. Il ne faut rien exagérer.

Le sous-entendu prononcé calmement, il continue, plus agacé, maintenant :

— Je sais que vous êtes imbattable en ce qui concerne la confection des confitures, mais qu'elle ait accepté qu'une jeunette vienne lui en remontrer, elle qui est une véritable encyclopédie culinaire, prouve bien que vous êtes la championne des amadoueuses.

— Si c'est vous qui le dites, répond Émilie en riant volontiers.

Puis elle se tourne vers Mathieu et rajoute :

— C'est nouveau. Me voilà amadoueuse, aujourd'hui.

— Ne l'écoute pas, il ne sait plus quoi inventer pour oublier la conversation que j'ai commencée. Dès qu'il s'agit d'Irma, il fait la sourde oreille, parce que le problème, entre eux, c'est qu'elle soit allée s'installer à Marseille, sans lui demander la permission, au lieu de rester à L'Épervière sous la coupe de son frère aîné qui ne l'a jamais digéré. Il a même pris ça pour une trahison.

Voyant que le grand-père ne bronche pas, Émilie le taquine à son tour.

— Aussi, quelle idée a eue tante Irma d'aller vivre ainsi, dans un pays de contrebandiers, de baratineurs, de gens de toutes les couleurs : c'est de la provocation ! explique-t-elle, prenant les yeux brillants d'amusement.

— Coquin de sort ! Mais c'est le pelé qui se moque du tondu ! lui répond Jérémy en jetant sa serviette sur la table, avant de se servir un verre de vin qu'il ne boit pas et de continuer.

— Car, en ce qui vous concerne, fillette… – et lorsque Jérémy appelle Émilie « fillette », c'est qu'il est très contrarié –… je crois que vous venez du même endroit, n'est-ce pas ? De cette ville exubérante, où l'on côtoie les voleurs et les honnêtes gens en même temps, dans la même rue, sur le même banc ; je n'ai pas peur de le dire tout haut, moi, alors que vous, vous le susurrez à peine. Vous le savez parfaitement qu'il y a des jaunes et des noirs, et je ne jurerais pas qu'il n'y en ait pas des rouges ou des Écossais quelque part. Ne me racontez pas d'histoires, Émilie, vous les avez vus comme moi !

Cette fois, tous les deux ont réussi à le faire mettre en colère. Mais il est vrai qu'il est un peu soupe au lait, le grand-père ; « Il ne lui en faut guère ! », dirait Maria qui ne s'est pas encore montrée. De fait, à L'Épervière, on peut constater que c'est toujours mouvementé. Pas besoin de quelque chose d'extraordinaire ou de particulier. Non, c'est bon pour tous les petits faits familiers !

Mais il est vrai qu'Émilie n'est pas une fille de la campagne. D'ailleurs, cela se voit, se devine à sa démarche, à ses souliers, à son accent, à son discours. Drôle d'idée qu'a eue Mathieu de choisir ainsi une citadine ! N'y avait-il pas assez de belles demoiselles dans les environs ? Rosette, par exemple, la fille de Benjamin. Elle était toute trouvée, celle-là. Surtout que les deux compères en avaient beaucoup parlé de ce mariage. Ils l'avaient tant calculé, recalculé, que rien ne semblait pouvoir entraver la route qu'ils avaient tracée pour leur tendre progéniture.

— On s'est levé la peau ! avait dit Jérémy.

— Et même les noyaux ! avait rajouté l'ami Benjamin qui aime bien, tout autant, plaisanter.

Seulement, ni l'un ni l'autre, au grand jamais, n'avait compté sur ce vrai mystère qu'est toujours l'amour ! Si bien que les pères furent fort dépités lorsqu'ils apprirent la vérité :

Rosette préférait épouser Robert, un fonctionnaire de la Belle de Mai. « Un gratte-papier aux fesses plates et aux genoux carrés ! » s'était écrié Jérémy pour l'assaisonner.

Mais lorsque, guère plus tard, Mathieu lui présenta à son tour Émilie, l'accueil fut encore plus réservé, sans enthousiasme : il avait le nez plissé, les yeux froncés, bref, l'air de celui qui se méfie, face à une pestiférée ! Cette Marseillaise était, certes, des plus mignonnes, mais elle avait l'air si fragile, le teint si pâlichon, que cela l'inquiétait. Qu'est-ce qu'elle venait faire à L'Épervière, avec son accoutrement de conte de fées ? Elle était d'une élégance déplacée, avec des dentelles partout et des broderies qui ne pourraient jamais se faufiler dans les chemins de campagne sans se déchirer, à faire des trou-trous qui ne donneraient que des chiffons pour le fripier. Quant au pompon sur la casquette, elle chantait ! Et lorsque Mathieu lui annonça que, dès qu'ils seraient installés, il lui ferait apporter son piano, là, malgré tous les efforts magnifiques qu'il avait consentis, Jérémy faillit tomber à la renverse. « Un piano ? Mais ce n'est pas un bastringue, ici ! » s'exclama-t-il, estomaqué.

Puis il s'était tu, n'avait plus parlé. Pourtant, une fois la première surprise passée, il fut bien obligé de reconnaître qu'Émilie était très agréable, avait de la conversation, et qu'elle était très efficace dans la maison. Aussi se fit-il à sa présence, beaucoup plus vite qu'il ne l'avait imaginé. Voilà que, après le fils, Émilie venait de faire une deuxième conquête : celle du père. Alors voilà aussi pourquoi il pouvait bien parler d'amadoueuse : il avait été le premier amadoué !

Mais autour de la table, ce soir, la conversation se poursuit, et c'est Émilie qui reprend :

— Il me tarde de retrouver tante Irma. Et je ferai mon possible pour vous éviter vos sempiternelles disputes. Quoique je ne me fasse guère d'illusions à ce sujet.

— Moi, au contraire, j'avoue que je suis très impatient d'entendre à nouveau leurs joutes orales. Cela promet de bons moments en perspective, répond Mathieu.

Et Jérémy conclut joyeusement :

— Aussi vais-je faire de mon mieux pour vous contenter tous les deux !

Toutefois, il rajoute, d'un ton plus malicieux :

— Irma, je l'aime bien, c'est vrai, mais de temps en temps, et à petite dose. Donc cela ne sert à rien de se forcer.

Tout le monde rit, tandis que Maria entre dans la pièce pour desservir le reste de daube et de purée qui refroidit sur la table. À la place, elle laisse un joli gratin de chou-fleur appétissant, accompagné d'un gros fromage de chèvre qui ne trahit point ses origines. Mais au moment de sortir, Jérémy l'interpelle :

— Dites-moi un peu, Maria, qu'est-ce que vous pensez de ma sœur Irma ?

— Oh, si tout le monde ne prenait pas plus de place qu'elle dans cette maison, cela nous arrangerait bien. Ce serait même magnifique. Enfin, cela ne coûte rien de rêver…

Mathieu et Émilie s'amusent beaucoup, tandis que Jérémy, bien sûr, fulmine :

— *Bè,* ne rêvez pas trop longtemps tout de même, parce que cela vous fait perdre la main, Maria. Alors, la prochaine fois, faites-moi donc revenir un peu mieux cette daube, qu'elle ne valait pas celle que vous faites d'habitude.

— Mais ce n'est pas compliqué, M. Fonteclaire : si mes petits plats ne vous plaisent plus, vous pouvez toujours aller prendre pension chez Bourrely à son hostellerie pour voir si c'est meilleur.

Et elle tourne les talons, disparaissant sans permission.

Par contre, les rires de Mathieu et d'Émilie redoublent, puis, après une hésitation, Jérémy en fait autant, mais d'un rire sonore qui fait tressauter son ventre rond. Il se forcerait presque, que cela ne serait pas étonnant. Et si Irma était là, elle dirait qu'il rit jaune ou qu'il rit vert, enfin de toutes les couleurs, mais qu'il rit surtout de travers : d'un rire qui ne sent pas bon la sincérité, et encore moins le bonheur.

D'ailleurs, il commente encore.

— Ah, elle ne m'économise pas, celle-là. Elle a de la chance que je l'aime bien.

— Elle a surtout la chance que tu ne puisses pas te passer d'elle.

— Tu parles ! Des daubes pareilles, Mathieu, tu peux te lever tôt pour en trouver. Elles ne poussent pas, comme le chiendent ou le gratte-cul dans le potager de Benjamin. Tu peux faire cinquante fois le tour de la terre, tu n'en trouveras pas. Elles sont ici, rien que pour moi !

Et il pointe son doigt vers le sol, puis tape le plat de sa main contre sa poitrine.

Mais Émilie l'interrompt, indignée.

— Qu'est-ce que c'est que cette mauvaise foi, père ?

— Quelle mauvaise foi ? Ce n'est pas de la mauvaise foi, Émilie. Ça, c'est la joie du Provençal. Et vous n'allez pas me tuer le plaisir, même si vous êtes la championne des amadoueuses !

Puis, sans attendre, il se sert une bonne part de fromage en riant de bon cœur. Et à la différence de tout à l'heure, à présent, on voit tout de suite qu'il est content d'avoir eu le dernier mot, parce qu'il aime bien clouer le bec à tout le monde, n'importe quand et à tout propos.

*
* *

Ce matin, au rythme des galops des chevaux qui résonnent, le mistral coutumier est arrivé, lui aussi, sans vergogne, rugissant comme un fauve en colère, avant de se taire, complètement exténué, pour reprendre deux secondes après, encore plus excité.

« C'est un paquet de nerfs ! » a dit Maria. « Et se le supporter à tout bout de champ, sans répit, c'est vraiment désespérant ! Pire que le grand-père ! Alors heureusement qu'il n'y a pas encore d'enfant ! »

Dans cette tempête coutumière, le grand mûrier et son voisin le cerisier courbent la tête, se prenant pour des suppliciés, agitant leur houlette, tout dépenaillés. La cour est traversée par de beaux anges blancs : parachutes d'argent, que sont les semences légères, échappées des fleurs de pissenlits qui s'achèvent en poussière, se défont en charpie. Ce mistral furibond fait aussi chanter, sans façon, les portes ajourées de la grange, couvrant, par sa fureur, tous les bruits familiers, pour en faire un curieux et singulier mélange. Soudain, dans un bref essoufflement du vent, se fait entendre la voix rugueuse de Benjamin.

— *Bè*, mon Faraud, où est ton maître ? Dis-moi un peu où il se cache, que j'aille l'embêter ?

Étendu au soleil, le chien ne bouge pas, chauffant ses rhumatismes, rêvant de courses vives et de chasses d'antan. Il ouvre cependant un œil de temps en temps, avant de retomber dans l'endormissement. Mais Jérémy, ayant entendu la voix de son ami, sort pour venir à sa rencontre.

— Je n'arrive pas trop tôt, au moins ? s'inquiète Benjamin en le voyant.

— À notre âge, tu crois qu'on a encore du temps à perdre ? *Tè*, rentre, qu'il fait un de ces mistrals à décorner les bœufs.

Sur quoi, tous deux pénètrent dans la grande pièce du bas, où une flambée joyeuse anime la cheminée, pour le plaisir, point pour chauffer. Le feu crépite, devient vaillant, voulant se mélanger aux paroles des gens, prenant un appétit de confidences et de boniments, que semble annoncer la visite du nouvel arrivant.

Ainsi, sitôt assis, les deux papets devisent, parlant de leur mistral, compagnon si banal de la vie ici-bas, comme l'eau à Venise et les moulins aux Pays-Bas.

— S'il continue à souffler aussi fort, il va finir par nous déraciner tous les figuiers de la Provence, et par nous la défigurer sans remords et sans complaisance.

— Ah, c'est vrai que s'il est aussi violent qu'il y a trois semaines passées, ce serait bien possible. Figure-toi qu'il a retourné la tête du moulin de Tonin, celui de son champ de melons, et qu'il en a fait une crêpe de la Chandeleur sans hésitation. Depuis, on dirait un pauvre épouvantail.

— Pourtant, il se calmera bien un jour ou l'autre, et peut-être même que, cette nuit, les pièges qui le retiennent vont s'ouvrir pour le laisser partir. C'est d'ailleurs tout ce qu'on lui demande : un peu de répit, parce qu'on sait qu'il reviendra sans souci, faire sa sarabande et tout casser encore autour de lui.

Après ces réflexions, tous deux restent pensifs, fixant les flammes fières qui dansent devant eux un boléro lascif.

Mais Jérémy reprend, après un temps :

— Tu as calé les pièges cette année ?

— Penses-tu ! Même pas deux au fond du jardin. Je ne fais même plus d'*espère*. Pourtant, Dieu sait que j'aimais ça, quand j'étais jeune.

Il est vrai qu'ici beaucoup ont un *espère*, un *agachon*, un *poste*, un *estanco*, tous ces noms qui désignent pourtant la même chose : une cabane en planches, ou parfois même en branches, où le chasseur se tient à l'affût pour tirer les oiseaux de passage.

— Tu étais peut-être le plus fort, et ton *poste* le plus beau !

— Oh, le plus fort, n'exagère pas, je me défendais pas trop mal, mais le champion du monde, c'était tout de même le père Riouffe.

Et Jérémy de renchérir :

— Ah ça, on se souvient tous de son massacre. C'était pire que celui de la Saint-Barthélemy. Et pour un pari, c'était un pari !

Sur quoi, tous deux partent dans leurs souvenirs, avec un grand plaisir à l'avance qui se lit sur leur visage réjoui. Vont suivre des histoires qu'ils affectionnent, parce qu'elles sont remplies d'éclats de rire du temps d'hier, et, déjà pressé de les raconter, Benjamin parle le premier.

— Tu te souviens, c'est le vieux Louis qui a commencé par haranguer Riouffe, en lui disant que ce n'était pas un fusil qu'il avait acheté, mais une branche de figuier. Ainsi, tout de suite, il s'est fait un ennemi juré.

— Tu parles, un fusil tout neuf, sorti à peine du carton d'emballage, avec encore le prix dessus !

En effet, Riouffe était un fin chasseur, un fin limier, aussi était-il allé acheter son fusil au magasin *Aux Armes de Saint-Étienne*. Le magasin le plus beau, le plus grand, le mieux achalandé de tout Marseille. Ainsi pouvait-on y trouver le plus cher comme le plus pratique ou le plus léger, le plus courant et puis le plus perfectionné des fusils de chasse à deux coups, avec le cran d'arrêt incorporé. Enfin, c'était *le* magasin spécialisé, pour avoir l'assurance de ne pas être trompé sur la marchandise, sur la qualité. Aussi les deux grands-pères, aujourd'hui, ne peuvent-ils que constater par la bouche de Benjamin qui reprend :

— Face à cette terrible diffamation, Riouffe est devenu rouge de colère et s'est contenté de répondre que, dès le samedi suivant, il lui démontrerait le contraire, en lui apportant une brochette de dix perdreaux, qu'il tuerait, justement, avec sa branche de figuier. Mais Louis a continué de rire, disant que, le jour où il verrait sa brochette, il avalerait, sans hésiter, la livraison d'oursins de Pistaroffle, avec leurs piquants et tout le bataclan, sans avoir besoin de les ouvrir.

Ce qui, en même temps, était un exploit remarquable. Toutefois, rien qu'en imaginant la scène rétrospectivement, Jérémy fait la grimace.

Mais au village, chacun savait que si le père Riouffe s'était vanté, c'était parce qu'il connaissait bien son affaire. Personne n'en doutait, et il allait, d'ailleurs, le leur montrer, en filant, dès le lendemain, à l'aube pointée, jusque dans le vallon, pour trouver l'endroit le plus plat, le mieux abrité au pied de l'Espinchon. Là, il choisit un carré pas plus grand qu'une table de ferme, et durant quelques jours, tous les matins, il est venu jeter le grain à la volée. Mais si bien, et en si grande quantité, que le blé tapissait le sol, à couper l'appétit d'un affamé, tellement il y en avait. Il avait si bien agréné ses perdreaux que le froment aurait poussé dru si les oiseaux lui en avaient laissé le temps. Seulement, une fois la surprise passée, ils se sont tous rempli la panse, à la faire éclater, à leur faire sortir les yeux des orbites, tant ils étaient gavés. Aussi, Riouffe n'a pas eu besoin *d'espère* ou de *poste* pour se cacher, parce qu'ils ne pouvaient même plus s'envoler. Il s'est donc appuyé au tronc d'un chêne vert, de ceux qui se mettent à plusieurs pour se mêler les pieds à faire un gros bouquet, et d'un doublé, pan ! Il en a tué treize à la fois. Tous zigouillés. De quoi leur couper l'appétit pour de bon. Quand il s'est approché pour les ramasser, il n'en revenait pas. Puis, en les comptant, il les a rangés dans sa gibecière, les uns sur les autres, tête bêche, la faisant gonfler à ne plus pouvoir la fermer. Aussi a-t-il posé sa veste, pliée en deux, sur le dessus, et ainsi, ni vu ni connu ! Il allait pouvoir faire la surprise à tout le monde, et au vieux Louis en particulier.

— Du coup, ce dernier a été obligé de manger les oursins. Et il y en avait du monde chez Pistaroffle pour voir le spectacle, conclut Jérémy.

— En vérité, on le savait tous qu'il était capable de les avaler, piquants, corail, tout mélangé. Toutefois, je crois que ce jour-là, celui qui fit le plus sensation, ce fut encore Riouffe, parce que tuer treize perdreaux à la fois, aujourd'hui on crierait au miracle !

Et Benjamin secoue la tête, peut-être plus de regret que d'étonnement.

Passe un temps, un temps plan plan, celui d'hier, celui d'antan qui sonne franc, qui chante la vie oubliée dans un petit coin du passé, comme s'il s'agissait d'un petit coin de paradis. Mais peut-être est-ce bien de cela qu'il s'agit ?

Les deux compères étant réglés aussi bien, sinon mieux, que du papier à musique, c'est à chacun son tour de parler, sans se disputer. En fait, c'est un vrai plaisir partagé : autant celui de raconter que celui d'écouter. Véridique. D'ailleurs, si jamais l'autre connaît l'histoire par cœur, sur le bout des doigts, prêt à souffler le texte, il s'en garde bien, en fils de patience et frère d'amitié. Ainsi, à présent, c'est à Jérémy de causer. Aussi ne faut-il pas lui faire l'affront de ne point l'écouter.

— Si je te disais, Benjamin, qu'on ne trouve plus d'*aludes* pour les pièges.

— Je le sais. Alors comment veux-tu que je *cale* ? Je n'aurais rien à leur mettre à manger. Même s'ils ont très faim, l'estomac dans les talons, les pauvres oiseaux ne sont pas prêts, tout de même, à s'ingurgiter de la ferraille. Eux, ce qu'ils attendent, c'est le beefsteak accroché, qu'ils mangeront, vaille que vaille, quitte à se faire guillotiner.

À les entendre parler, on pourrait les prendre pour deux braconniers. Mais à ce temps passé, en réalité, même si cela est interdit par la maréchaussée, poser des pièges fait aussi partie des coutumes du pays, des habitudes, de l'ordinaire, même de l'alimentation ! Vrai, les vieux, les jeunes, chaque homme, chaque garçon sait ouvrir un piège sans se pincer les doigts, bien à plat, et le tenir ainsi, calé, en glissant une tige dans le fin gosier prévu à cet effet. Mais Jérémy et Benjamin ne vont rien dévoiler de leurs pratiques, restant convaincus qu'elles sont universelles, parce que rustiques, et qu'elles ont disparu, n'étant plus entretenues par les vieilles générations. Ainsi les *aludes* se sont-elles envolées. Ces grosses fourmis ailées qui servaient d'appât dans les pièges. On les conservait dans des caisses en bois, avec un fond de sable grossier, du papier journal, des morceaux de canne sèche pour qu'elles puissent s'y cacher ; sans oublier de petites soucoupes remplies d'eau avec quelques graviers, pour qu'elles puissent boire sans se tremper les pieds. Et surtout sans se mouiller les ailes. Parce que leurs ailes, en brillant, en faisant des étincelles sous le soleil, attiraient les oiseaux, pire que des aimants. Mais si par malheur elles se mouillaient, aussitôt elles tombaient, et c'était le drame, l'accident ! D'ailleurs, pour le croire, il suffit de les entendre parler.

— Déjà que ces bestioles sont rares, si en plus tu les gaspilles, c'est la faillite et la mendicité assurées, dit Jérémy.

Mais Benjamin suit son idée.

— Le père Guille était le seul qui donnait des *aludes*. Mais il y a longtemps qu'il est mort. Tandis que le vieux Rouve, à l'inverse, il les gardait précieusement, en gros péché d'avarice qu'il n'est jamais arrivé à confesser.

— Oh, lui, c'était un cinglé, répond Jérémy, qui continue sur sa lancée.

— Même morte, il ne te l'aurait jamais donnée, son *alude*.

— Ouais, de peur qu'elle ressuscite ! conclut Benjamin.

Ils rient ensemble, de ces nouvelles plaisanteries, avant d'en raconter encore, de celles qui demeurent toujours pour eux d'actualité, tandis qu'elles semblent surtout, pour les autres, guère naturelles, un peu trop exagérées. Pourtant, c'est la vérité vraie, celle de Bésajé.

Un peu plus tard, Mathieu fait son apparition dans la pièce.

— Ah, je vous y prends, tous les deux, à dire du mal des collègues !

— Penses-tu, avec ton père, on n'a pas deux sous de méchanceté. Mais je dois dire qu'on vient, malgré tout, de leur arranger le portrait. De quoi ne plus les reconnaître si demain tu les croisais !

Des rires encore, puis Benjamin demande :

— Dis, Jérémy, Maria, elle le fait toujours aussi bon, son civet, que je sens une fine odeur me chatouiller les narines ?

— Oh, mon pauvre, ils deviennent rares. Et ils seraient encore meilleurs si les lapins arrivaient à se mettre un brin de romarin dans le gésier. Mais bientôt ils n'auront même plus une broussaille à grignoter. C'est bien simple, leurs oreilles, il faut que tu ailles les chercher dans le terrier. Même Faraud, le pauvre, il est complètement découragé. Du coup, celui que tu sens vient du boucher !

Après un long soupir, il rajoute :

— Il y a quelques années, le jour de l'ouverture, ça pétaradait comme un feu d'artifice du 14 juillet ; tandis que maintenant tu peux dormir tranquille, pas besoin de t'enfoncer les boules Quiès dans les oreilles. Tu n'entends même pas un pet !

Un temps de réflexion se pose, puis il poursuit :

— Pourtant, les chasseurs, ce n'est pas ce qui manque, mais il n'y a plus grand-chose à tuer. C'est vrai, quand une malheureuse mésange passe, c'est pour recevoir les plombs de cinquante fusils. Ensuite, tu manges du gibier truffé au plomb de quatre.

— *Bè,* moi, truffé ou pas, je me dévouerais volontiers pour en manger des mésanges, des grives, même des merles ou des perdreaux. Parce qu'il y a un bagne, que dis-je, des siècles qu'on n'a pas eu droit aux brochettes, constate Mathieu.

Puis il ajoute avec gourmandise :

— Je sens déjà l'odeur des tranches dorées, croustillantes, toutes blondes, rôties dans le jus des petits rouges-gorges rissolés, coincés entre deux morceaux de lard fondant. Hum ! Rien que d'y penser, je me damnerais. Vous voulez que je vous dise, j'en mangerais sur la tête d'un galleux !

Mais Benjamin interrompt cette gastronomique évocation.

— Ah, ces jeunes, je ne sais pas ce qu'il faudrait pour leur couper l'appétit.

— Parrain ! Pourquoi faudrait-il quelque chose ? demande Mathieu, étonné.

Mais c'est son père qui lui répond, l'air renfrogné :

— Tu veux que je te le dise, pourquoi ? Parce que tu ne l'as pas mérité. Pour t'éclaircir les idées, je peux te rajouter : à cause de l'héritier. Son absence devrait te couper l'appétit, si ce n'est, au moins, te couper le sifflet !

Puis, pour faire plaisir à Benjamin et retrouver sa bonne humeur un instant envolée, se tournant vers son complice, il reprend d'un ton joyeux :

— En tout cas, nous, les vieux, on aurait peut-être bien un petit peu soif, n'est-ce pas, collègue ?

En réponse, c'est la cheminée qui les interpelle, en animant ses flammes, en pétaradant comme une crécelle, jetant autour d'elle plein de postillons guillerets.

— *Tè*, elles aussi, elles réclament, elles ont faim.

— Ou soif.

— Non, pas soif, parce que, si tu les mouilles, elles se noient et tout s'éteint. Alors tu aurais l'air malin !

Tous les trois rient volontiers, tandis que Mathieu rajoute une bûche supplémentaire, sous le regard amusé des deux grands-pères. Ensuite, il sort du placard en noyer qui fait face à la cheminée une bouteille de vin d'orange, œuvre de Maria. Le vin ambré danse aussitôt dans les verres, autant que les mots, autant que l'accent et les couplets qui ne s'arrêtent jamais, si ce n'est, parfois, pour mieux souffler, mais pour recommencer encore plus vite, telle une braise ranimée sous un coup de mistral passager. D'ailleurs, les voilà qui recommencent à discuter, avec une question de Benjamin :

— Tu te souviens du frère de Zézette ?

— Bouscarle ? Pardi !

— Quel drôle de nom ! remarque Mathieu.

— Oui, c'est celui de l'oiseau le plus petit que tu puisses voir dans la campagne provençale : une bouscarle. Et celui dont on parle n'étant qu'un gringalet, cela lui allait comme un gant. C'est bien simple, Mathieu, tu souffles dessus, il tombe : bing, badabang ! Mais c'était un malin, un coquin, presque un brigand, comme disait sa mère. Un jour, il a fait le coup de la cartouche à ruban au pauvre Garoubi, le barbier, ce Napolitain qui chante de l'opéra avec une voix de ténor assez remarquable. S'agissant d'une farce innocente, réservée aux naïfs comme aux étrangers, Bouscarle a voulu s'amuser. Pour cela, il a vidé une cartouche de ses plombs et les a remplacés par un ruban étroit, solide, qu'il a enroulé bien serré. Au bout, il a pincé la chevrotine, puis a refermé la cartouche délicatement pour ne pas l'abîmer. Il ne lui restait plus, ensuite, qu'à la glisser dans le canon du fusil de Garoubi. Mais c'était la chose la plus difficile, surtout pour Bouscarle qui ne s'arrêtait jamais de gesticuler. Il a dû faire preuve d'une grande patience pour réussir à glisser l'objet du délit sans que le barbier s'en aperçoive. Une opération des plus délicates.

— Comment il a fait ?

— Oh, il a été un peu aidé par la Providence.

De fait, Garoubi avait passé la matinée aux perdreaux, mais, n'ayant pas vu beaucoup de plumes, il a décidé de s'arrêter un moment, fatigué d'avoir couru toute la garrigue. Il s'est donc allongé, la tête appuyée au tronc d'un vieux pin, et a sommeillé dans une sorte de béatitude. Vrai, pour la sieste, il ne fallait pas lui en promettre au barbier. Il la faisait où il se trouvait, sans réfléchir ni hésiter. Il était capable de dormir sous n'importe quel temps, toute la journée ou deux minutes entre deux clients. Il aurait pu, sans problème, vivre au pays des sultans. Il n'aurait point dépareillé, surtout avec son ventre aussi rond qu'un tonneau de pressoir. Ainsi Bouscarle, qui le suivait, profita-t-il de cet abandon momentané pour changer la cartouche.

— Tu vois un peu la tête de Garoubi, quand, plus tard, reprenant la chasse, il a voulu tirer sur un lapin, et que, ploum, ploum, ploum, s'est déroulé le ruban au bout de son canon, termine Benjamin.

— Oui, le sultan Ali en est resté baba ! plaisante Jérémy avec jubilation, rejoint aussitôt par les rires de ses compagnons qui boivent, ensuite, avec plaisir, à petites gorgées, le vin d'orange très réussi cette année.

Ils s'amusent tellement que Benjamin reprend l'histoire, pour rajouter le grain de sel qu'il avait oublié au fond de sa mémoire :

— En plus, Bouscarle le faisait cocu.

— Qui ça ? demande Mathieu.

— *Bè,* Garoubi ! répondent ensemble les deux vieux.

Mais c'est Jérémy qui poursuit, Benjamin le laissant raconter à sa place, de bon gré, pour lui faire plaisir.

— Garoubi avait une femme, Marguerite, qui était une drôle de fleur. Elle se laissait conter fleurette par des galants de n'importe où, et courait dans les champs, pendant que son pauvre mari restait dans les moustaches de ses clients pour gagner le couvert, le logis et les fantaisies. Entre parenthèses, moustaches qu'il taille magnifiquement, je te le précise, Mathieu, au cas où tu en aurais besoin.

Ayant dit cela, il caresse les siennes avec plaisir, pendant que Mathieu, en souriant, frotte son visage lisse comme un galet. Puis Jérémy continue d'expliquer.

— Personne n'avait le courage de se moquer de lui, il était si brave. Mais il ne faut pas exagérer non plus, s'il lui excusait bien quelques escapades, à sa Marguerite, il ne lui a jamais pardonné cette trahison. Finalement, c'est elle qui est partie, sans lui demander la permission.

Se penchant pour poser son verre, il rajoute :

— *Qué vouès,* mon beau, la chasse, c'est du sérieux. Ce n'est pas comme écrire toute la journée des phrases et des mots harmonieux.

Les longs rires passés, quelques soupirs de plaisir aussi, Benjamin finit par constater :

— Vous êtes bien braves, mais il va falloir tout de même que je vous laisse. Il est presque midi.

Puis, boutonnant sa veste :

— Quand est-ce qu'on se revoit pour blaguer du bon vieux temps, Jérémy ?

Mathieu ne pouvant s'empêcher de sourire, Benjamin lui précise :

— Tu verras, fiston, quand tu auras notre âge. Avec le peu qui reste devant, on est bien obligé d'aller chercher beaucoup derrière.

Sur quoi, il propose :

— Si demain on montait jusqu'à mon *agachon*, sur la colline du Garret ? On pourrait partir vers les huit heures, déjeuner là-haut et redescendre pour midi.

— C'est une excellente idée, Benjamin. J'ai envie de me dégourdir un peu les jambes.

— Il est toujours debout, ton *poste*, parrain ?

— Je l'entretiens encore un peu, comme ma vieille carcasse. Ne serait-ce que pour le plaisir. Enfin, en ce qui concerne *l'agachon*, parce que pour la carcasse, l'entretenir, c'est autre chose qu'un plaisir, à mon âge, c'est une nécessité ! Bon, c'est décidé, demain on y va faire un tour ? Je ne t'invite pas, Mathieu, je sais que tu es pris par tes écritures qui te mangent tous tes jours.

Celui-ci acquiesce d'un hochement de tête, alors que Jérémy conclut, ravi lui aussi :

— D'accord. On se retrouve à la Patte d'Oie.

— Allez, au revoir, la compagnie !

Benjamin sort, tirant derrière lui la porte qui claque légèrement, en petit hoquet provoqué par la force immuable du vent qui n'a point faibli. Au contraire, il s'est même ragaillardi. Qu'y faire ? Le mistral, c'est l'identité particulière de toute la Provence, sa carte de visite, son aura populaire, qu'il sème souvent à son gré, avant de faire un pied de nez et de tirer sa révérence.

*
* *

Quelle belle journée ! Tandis que la nuit agonise en prenant tout son temps dans ces heures exquises, le village s'éveille doucement. Chaque volet qui s'ouvre en claquant semble vouloir donner une gifle, un *pastisson* géant, aux murs dorés qui résonnent, tel un coup de fouet, sous les longs toits roux des maisons. L'église, toute mignonnette, s'est installée au bout de la Grand-Rue, et, guillerette, elle élève son beau clocher. Il n'est pas pointu comme on pourrait l'imaginer, en sucre d'orge pourléché par les coups de langue gourmande des petits anges qui lui tournent autour pour essayer de l'aiguiser. Non, c'est un clocheton de Provence, rectangulaire, tout en étages superposés. Il ressemble, tête coupée, au jeu de construction, aux cubes de l'enfance, tout en bois, qui, après s'être balancés un instant, s'écroulent avec insolence sur le plancher. Patatras ! Là-haut, deux grosses cloches brunes se dissimulent dans l'ombre grise de quatre bouches en ogives, ouvertes sur le vallon. Elles restent ainsi, prêtes à carillonner en riant de toutes leurs dents, ou à battre le glas, d'une voix de basse ou de baryton, profonde et triste, comme une lamentation. Jérémy, regardant Notre-Dame-du-Bon-Secours, levant les yeux vers sa dernière tour, vers sa corbeille en fer forgé d'où s'échappe une drôle de pointe noire, se met soudain à commenter, planté debout sur le trottoir.

— Je me suis souvent demandé pourquoi cette pique baisse autant les yeux, courbe le front sur ses souliers, au lieu d'aller grattouiller l'*ambouligue* aux nuages, leur chatouiller le nombril, leur faire des guiliguilis avant qu'ils poursuivent leur vagabondage. Qui a pu faire un tel affront à M. le curé ? Un si brave homme, si dévoué à son Bon Dieu et si patient avec ses ouailles, qui ne le lui rendent pas beaucoup, d'ailleurs.

Mais Benjamin, sans prêter attention à cette allusion qui lui est réservée, lui répond sans rebuffade, car tout est prétexte à raconter, tout est sujet aux galéjades.

— Lorsque j'étais jeune, les vieux disaient qu'aux ides de mai un orage carabiné avait tout inondé, changeant l'eau des fontaines, celle de la pile et des cabinets, en un café au lait bien épais.

Ce qui le fait rire. Puis il tousse longuement, avant de poursuivre :

— L'éclair a été si violent, zébrant la joue de l'horizon d'un long coup de fouet phosphorescent, qu'il a fait crier de peur les femmes et les enfants, comme si c'était la fin du monde.

Benjamin ayant pris une voix de catastrophe, Jérémy se moque de son exagération en souriant. Mais son complice confirme, sérieusement :

— Si, si. Tous étaient impuissants, face aux foudres que leur envoyait le ciel. Aussi restaient-ils dans leurs maisons, ne voulant pas être emportés par l'ouragan, tel un papier d'argent.

— Et alors ?

— Alors, l'orage a profité du paratonnerre idéal que faisait la croix toute neuve de l'église, d'un si beau croupion, pour y passer sa colère dessus, en véritable coup de massue !

Prenant une voix encore plus dramatique, il complète :

— D'un seul coup de canon tempétueux, de sa longue main crochue maléfique, il a d'abord ôté les deux bras horizontaux de la croix, puis tordu l'éperon qui restait *tanqué* en place, tel un fer dans un mortier, en un angle aigu presque parfait, pour l'éternité de notre cher édifice. Depuis, il n'a plus bougé. Aussi on se l'*empègue*, sans discuter.

Puis, inversement, d'un accent beaucoup plus léger, il conclut :

— Ce qui lui donne aujourd'hui ce petit air de génuflexion.

Enfin, d'un ton plus catégorique, il termine :

— Voilà la raison pour laquelle, depuis, mon cher, notre église porte une épingle anglaise, au lieu d'un crucifix !

Sur cette belle explication qui semble les satisfaire tous les deux, ils continuent leur route, qui, à présent, sort du village pour rejoindre la campagne couverte de satin bleu, comme un long pagne vaporeux. Benjamin marche d'un bon pas, son compère le suivant, se plaisant à humer les arômes mêlés qui baignent la garrigue, allant du doux jusqu'à l'acidulé, sous un ciel sans nuage pour les accompagner, le tout les faisant sourire, effaçant leur fatigue, celle du poids de leurs années.

Soudain, changeant d'idée, il se met à parler de tout autre chose.

— Dans la musette, entre les croissants et la boîte de pâté, entre le sucre en poudre et le thermos de café, figure-toi que j'ai glissé une surprise : deux brousses du Rove. Enfin, du Rove, je ne peux pas te l'assurer…

Tout en disant cela, il a tapoté le petit sac de grosse toile grise qu'il garde pendu contre sa poitrine. Il est un peu replet, c'est vrai, mais les brousses, ces petits fromages de chèvre frais, longs et épais de deux doigts, enfermés chacun dans leur moule en fer, un cylindre étroit et tout percé, ne prennent pas de place et ont dû, par leur poids, se laisser tomber au fond pour ne pas qu'on y touche, qu'ils ne se fassent pas dévorer. Cependant, si Benjamin n'est pas attentionné, n'est pas prudent, les brousses risquent de s'échapper de leur étui et d'être finalement tout *esquichées*. Quoique, de toute façon, il faudra bien les écraser pour les manger, alors, avant ou après, c'est la même chanson : quand c'est bon, c'est bon !

En se frottant les mains, d'un air très satisfait, Jérémy demande :

— C'est vrai, ou tu me fais marcher ?

— Non, non, je sais que tu les aimes bien, aussi je les ai achetées ce matin. On les mangera en arrivant. Oh, elles ne valent pas celles que vendait Léonie, mais bon, on s'en contentera. Cela nous fera toujours revenir les souvenirs, et le regret avec, peut-être, tant pis…

— C'est que Léonie, elle savait les faire.

— Je crois bien que c'est elle qui t'a tant fait aimer les brousses.

— C'est qu'elle était jolie quand elle était jeune fille.

— Oui, mais cela ne date pas d'hier. Je préfère, d'ailleurs, ne pas compter les années, sinon ça va me faire tourner la tête, pire qu'un verre de *jaquez* !

— Pourtant, Benjamin, je la revois encore souffler dans sa corne de bergère. Du bas de la rue on l'entendait crier : « Les brousses du Rove ! Fraîches, mes brousses. » Je lui en achetais toujours deux, et elle me faisait un petit sourire en échange. Elle avait les yeux aussi vifs que ceux d'une belle rascasse pêchée de la nuit. Puis elle continuait sa distribution en dandinant ses hanches, aussi bien que la mule de maître Bayle, quand elle montait les sacs de blé au moulin. Dis, je m'imaginais que c'était pour moi. Tu parles ! Plutôt que de me prendre pour Jean Marais ou bien Charles Boyer, j'aurais mieux fait de me prendre pour ce que j'étais, c'est-à-dire *le Ravi* de la crèche. Un matin, je me suis trouvé en face d'une jolie petite sardine bleue, fraîche, croustillante, mais je devais tellement la dévorer des yeux qu'elle m'a éclaté de rire au nez. Moi, je restais planté, la bouche ouverte, me contentant de bégayer : « Deux, s'il vous plaît, madame. ». Elle me répondit : « Mademoiselle, mademoiselle Léonie. » C'est ainsi que se firent les présentations. Mais, dégourdi, je reculais et m'embronchais au pied de la vieille treille, avant de tomber le cul par terre, aussi bête que l'œuf de la Roussette qui va s'écraser hors du nid, parce que cette cocotte dévergondée a soudain eu envie de danser. Voilà de quelle façon j'ai fait la connaissance de Léonie. Tu vois, ce n'était guère honorable.

— Rien d'étonnant à ce que tu te sois pris un *gadin*, mon pauvre, au sens propre et au figuré. On n'attire pas les abeilles avec du vinaigre, voyons !

— C'est vrai. Un autre jour, c'était pour la fête de septembre, pour la vogue de la Saint-Louis. Je savais que la chevrière viendrait, et je ne tenais plus en place. Même que tu me répétais sans arrêt : « T'emballe pas, Jérémy. Léonie, elle n'est pas pour toi. Et boulègue plus, qu'on dirait un pilon dans un mortier qui monte un aïoli. » Seulement, quand elle est arrivée, *tè,* l'aïoli, *peuchère*, il est tombé !

Et ils rient ensemble à ce souvenir innocent.

Puis, sans attendre, parce que l'envie de conter est toujours présente au bord des lèvres, tel un baiser, Jérémy reprend, semblant avoir oublié un couplet.

— J'ai bien essayé de la faire danser, mais j'étais comme une olive qui roule sur une biscotte toute nue, jouant les Joséphine *Baquère,* les pattes en l'air. Benjamin, tu veux que je te dise, l'amour, ça me rendait fada !

— Fada ou pas fada, tu l'as tout de même bien oubliée dès que tu as vu Claire.

— Oh, c'était bien après ! Léonie, elle m'avait tout abîmé le cœur. Alors il m'a fallu du temps pour le recoudre, pour faire les petits points serrés pour qu'il n'y ait rien qui coule, qui puisse s'échapper. Puis tu sais, Claire, c'était autre chose, c'était la douceur.

L'instant suivant, un vif regret semblant l'envahir, il rajoute mélancoliquement :

— C'était la douceur de toute ma vie...

Voyant la tristesse dans les mots, dans la voix et le cœur de son ami, ne voulant pas lui faire de la peine supplémentaire ni lui gâcher le plaisir, Benjamin coupe court à ces évocations, en s'écriant :

— On arrive presque, on aperçoit déjà le toit.

— Ce n'est pas trop tôt. Je commençais à prendre le bout de mes orteils aussi bouffis que les joues d'un *trompétaïre*. D'ailleurs, si j'enlève ma chaussure, tu les entendras jouer du clairon.

— Oh, espèce de gros râleur, tu es pire qu'un minot. Eux, quand ils sont fatigués, ils ont toujours un piquant dans la chaussette. Mais toi, qu'est-ce qui t'arrive ? Tu as un caillou dans ton soulier ?

— Non, il y a que je n'ai plus mes jambes de vingt ans.

— C'est vrai que tu te plaignais moins quand il s'agissait de courir dans les champs de blés fauchés, pour séduire toutes les jolies filles qui te regardaient les traverser en courant.

— C'est bien ce que je dis. J'avais vingt ans à l'époque, et la plante des pieds tannée comme la peau de chèvre de ma descente de lit à force de courir pieds nus sur les roches. Même pire que de la peau de chèvre, Benjamin. C'était de la corne, une écorce, encore plus dure que celle de ce chêne devant nous.

Sur quoi, Jérémy s'arrête au milieu du chemin, pendant que Benjamin, toujours taquin, lui dit :

— Si tu continues, tu vas finir par me dire que tu avais la peau d'un *rinocérosse*. Pourtant, on en est loin, à t'entendre, ce matin, tu aurais plutôt de la compote ou du coulis !

Benjamin reprend sa route en secouant la tête, se moquant de Jérémy. Mais celui-ci ne se démonte pas, continuant plutôt d'expliquer :

— On voit que tu ne l'as jamais faite, toi, la course dans les *rastoubles*, sinon tu saurais que chaque tige de blé qui a été coupée en biseau par la faux, c'est autant de petites épées qui te tailladent le dessous des pieds, malgré la corne et quoi que tu en dises.

— C'est une armure, alors, qu'il t'aurait fallu !

En disant cela, Benjamin soulève les bras au ciel, face à tant d'innocence.

— Ah, rigole, va, rigole ! N'empêche que je l'ai finie chaque année, la traversée, et en plein mois d'août, quand tout est si sec, il faut un drôle de courage.

— Tu parles d'un courage, il fallait surtout être complètement sinoque, parce que ça te servait à quoi, tu peux me l'expliquer ?

— Oh, à pas grand-chose, c'est vrai : un verre de vin rosé à l'arrivée et le regard jaloux des autres. C'était pour le plaisir.

— Parce que c'est un plaisir, d'aller s'esquinter les pieds dans les restes d'un champ de blé ? C'est bien ce que je dis, Jérémy, c'est un plaisir de toqué !

Celui-ci, vexé, termine :

— Benjamin, tu n'y comprends rien. J'ai beau t'expliquer depuis une heure, monsieur pense à son *poste* et, par là, n'écoute rien.

— Moi, je pense à mon *poste* ? Allez, on y est presque. Va, ne pleure plus, sinon je vais te sortir le mouchoir. Que dis-je, le mouchoir, la serviette de table plutôt, ou le drap de lit !

Sans mentir, c'est vrai, voilà que le chemin vient de s'arrêter dans une petite clairière où se dresse un minuscule cabanon : le *poste*, l'*agachon* de Benjamin. Alors vrai, *li sian* pour de bon. Ils sont arrivés.

*
* *

Benjamin n'a pas installé son *poste* là par hasard. Il a choisi l'endroit, de la même façon qu'il aurait cherché le terrain pour bâtir sa propre bastide, s'il ne l'avait pas tenue de son père. Il sait qu'ici, chaque année, passent les grives. En effet, quatre grands pins, la tête au vent, le front hautain, les aiguilles agiles, tendent leurs longs bras effilés en pattes d'araignées. Ce qui n'est pas pour déplaire à ces grandes voyageuses ailées, après l'épuisante traversée de la froide Russie qu'elles viennent de faire ; sans parler de l'Europe tout entière qu'elles ont survolée, au cours d'un voyage *clafi* de dangers. Mais la deuxième bonne raison, c'est que, lorsque le temps est clair, on peut y apercevoir aussi la mer.

Et pour l'avoir regardée souvent, aïe aïe aïe ! Benjamin a laissé passer les grives. Et elles, pressées qu'elles étaient d'aller rejoindre Alger et la chaleur de l'Afrique pour se réconforter, elles ne l'ont point attendu. C'est qu'elles ne sont pas maladives ni empotées, elles sont en pleine santé, les coquines !

« Même plumées, dorées dans la casserole, elles sont encore capables de s'esquiver ! » dirait Jérémy. Aussi les *appelants* ont-ils eu beau chanter, enfermés dans leur cage, s'égosiller comme de beaux diables, des éplorés, elles lui sont passées sous le nez. Mais faudra pas le répéter ou on se moquerait.

Quant à la mer, c'est vrai, on n'en voit qu'un tout petit morceau, une miette, un carreau, isolé dans un grand dessin vert, encadré d'un côté par la colline qui fait le gros dos, dressant sa bosse de dromadaire pour boucher l'horizon ; tandis qu'à l'opposé la côte dentelée a épinglé, à sa boutonnière, en idée de coquetterie, un gros bouquet de pins rabougris. Certes, il est donc difficile de l'apercevoir, si ce n'est un petit peu, mais guère. Pourtant, ce qu'il voit suffit à Benjamin pour le rendre heureux. D'ailleurs, sans attendre, il fait remarquer à son invité :

— Respire, Jérémy… Tu sens ?

— Avec ce mistral de malheur, on sent surtout le pétrole des raffineries de Berre. Tu t'es placé en plein *mitan* ! Mais qu'est-ce qu'il faudrait que je sente de particulier ? Le civet que Maria est en train de faire mijoter ?

— La mer, *pardine* ! Regarde au pied du vallon, tu ne la vois pas ?

— Si, pour la voir, en regardant bien, je la vois, je la devine… Mais pour la sentir, c'est autre chose.

Puis, comme il l'aime bien, voulant tout de même lui faire plaisir, il concède en riant :

— Remarque, à force d'y penser, peut-être que je la sens un petit peu. Mais ce vent vaniteux a tout emporté, en gros paquet qui lui courbe le dos, pour aller ensuite le jeter sur l'avenue du Prado. Et nous, en attendant, on reste à se morfondre, comme deux ronds de flan.

— L'essentiel, c'est qu'il ne t'emporte pas le chapeau. Qu'il ne te fasse pas comme à Léopold.

— Qui est-ce, Léopold ?

— Le cousin de Louisette, l'horloger de Strasbourg : un jour de grand mistral, il avait eu l'idée de porter un chapeau. Un drôle de chapeau : moi, je m'en serais servi pour mettre les *esches*. Enfin, nous étions aux Réformés, au bas de l'escalier de l'église, lorsqu'il y a eu un coup de vent terrible. Une bourrasque à décrocher la queue aux ânes et peut-être bien les oreilles aussi. Du coup, son *galurin* s'est envolé, et il a dû lui courir après, tout le long de la Canebière, jusqu'au Vieux-Port. Mais pas en touriste, non, plutôt à la vitesse de ces *avillons* qu'on fabrique maintenant, des *avillons* à réaction. Pchiiitt !

Et, avec le bras, il mime une fusée qui passerait à toute allure devant lui.

Jérémy constate avec amusement :

— C'est que, descendre la Canebière d'une seule traite, c'est pas courant. Il devait avoir de bonnes jambes, le cousin. C'était un champion de course à pied ou le frère de *Zatopèque* ?

— Ni l'un ni l'autre, mais c'est qu'elle était neuve, sa galure, et qu'il avait le crâne aussi nu qu'une boule de billard. Alors, que ce soit pour le vent ou le cagnard, il valait mieux qu'il le protège. En attendant, même si nous ne sommes pas chauves, qu'est-ce qu'on attend ? On ferait mieux d'aller se mettre à l'abri dans *l'estanco*. Ainsi, on pourra quitter le chapeau et cela ne nous empêchera pas de continuer de parler ; au contraire, on ne sera plus au courant d'air à se geler les *biscoteaux*.

Une fois à l'intérieur, Jérémy s'écrie :

— Mais c'est un palace !

— Ah, moi, quand je fais quelque chose, je le fais en grand et comme il faut. Je ne fais pas semblant. Remarque, c'est bien parce que je n'y viens plus pour la chasse, parce que sinon, avec tout ce fourbi, je n'aurais même plus la place de tourner le fusil. Regarde-moi ça !

En effet, il reste étonné de tout le bric-à-brac qui s'est accumulé dans la petite cabane en bois, certainement par l'opération du Saint-Esprit.

Sans attendre, Benjamin propose :

— Si on buvait une petite goutte d'eau-de-vie, ça nous requinquerait !

Sur quoi il ouvre une longue porte à glissière, dissimulée juste sous l'étagère, entre les deux minuscules fenêtres de guet. Il en sort un quart, une petite bouteille plate, presque carrée, qui contient un liquide transparent : *la blanche*.

Il la regarde sur toutes les coutures.

— Il en reste moins que ce que je pensais. J'espère qu'elle est encore bonne. Ce n'est pas qu'elle ne se conserve pas, mais elle peut s'éventer.

— Surtout avec le mistral qu'il fait ! plaisante Jérémy, pendant que Benjamin verse le liquide parfumé dans des tasses en fer-blanc, cabossées, tant elles ont été utilisées.

Après une gorgée, reposant la timbale, Jérémy semble hésiter avant de confier :

— Si j'étais sûr que cela ne te fasse pas mettre en colère, je te dirais que si ta bouteille de *blanche* a diminué, c'est qu'il y a une raison.

— Penses-tu, elle s'est éventée, c'est normal, c'est de la gnôle, cela se fait naturellement.

— Naturellement, c'est vite dit. Peut-être qu'il y a quelque chose de moins naturel justement. Un événement particulier, mais essentiel.

— Qu'est-ce que tu racontes ? Tu te prends pour *Cherlocolmesse* maintenant ?

— Cela fait plusieurs fois que j'entends des conversations, des sous-entendus au village, qui pourraient bien laisser supposer qu'elle ne s'est pas envolée toute seule, ton eau-de-vie.

— Jérémy, tu en as trop dit ou pas assez. Faut que tu choisisses : ou tu te déboutonnes la mémoire, ou alors c'est moi qui vais te descendre la fermeture Eclair !

— Je sais d'avance que cela ne te plaira pas.

— Commence par le dire, ensuite on verra. Et s'il le faut, je remonterai la glissière jusqu'en haut, pour te couper le sifflet.

S'étale une longue hésitation, puis Jérémy finit par avouer :

— Il s'agit d'Adrien.

— *Qu'es accò* ?

— C'est le fils d'Augustin.

— Ah, sacrebleu ! Ne me parle pas de celui-là.

— Tu vois, je le savais que tu te mettrais en colère.

— Et qu'est-ce qu'il a fait, ce fils de voleur ?

— Justement, il aurait peut-être bien de qui tirer.

— C'est peut-être, ou tu en es sûr ?

— Comment l'être ? Personne n'a jamais pris Adrien sur le fait. En tout cas, ce qui est certain, c'est qu'Augustin ne le sait pas non plus, sans quoi, Dieu garde ! Il serait capable de lui tordre le cou à son petit. Pense un peu, aller boire en cachette la *blanche* de son pire ennemi, au risque de s'empoisonner le foie jusqu'à la fin de sa vie.

— Qu'est-ce que tu parles de s'empoisonner ? Tu ne vas pas dire que celle de son père est meilleure que la mienne, non, sinon tu peux aller tout de suite te faire empoisonner ailleurs !

— Ne te fâche pas, tu sais que ce n'est pas du tout ce que je voulais dire.

— Heureusement, il ne manquerait plus que ça !

Puis Jérémy rajoute pour se faire pardonner :

— Ta *blanche* me brûle tant le gosier qu'il va me falloir saliver pendant une heure pour que je puisse en reprendre possession complètement. Elle m'a emporté la bouche jusque dans l'estomac. Pour dire, une poignée de piments venus de *Babèle Ouède* n'aurait pas mieux fait.

D'ailleurs, il semble déglutir avec difficulté. Aussi, une nouvelle fois, il avale sa salive en faisant du bruit, puis, levant le cou, il glisse ses doigts sur sa gorge en tirant la peau, pour remettre bien en place tous les morceaux. Soudain, il commence à avoir chaud, aussi se déshabille-t-il. *Il tombe la veste*. Il est vrai que la gnôle chauffe toujours autant, à donner des suées, comme celles d'un conducteur de locomotive à vapeur. Et puis, surtout, il ne veut pas avoir froid et prendre le mal de la mort, lorsque ensuite il sortira dans ce terrible vent du nord.

Le voyant faire, Benjamin propose :

— Pour t'enlever le feu, puisque je te l'avais promis tout à l'heure, et même si tu ne l'as guère mérité depuis, on va tout de même déguster les brousses de Léonie.

Jérémy, aussitôt, sourit de plaisir à l'avance en se frottant les mains. Et en effet, en deux cuillers, le passé revient, et les fromages, avec lui, prennent le goût du souvenir, le piquant de la jeunesse, le goût acidulé du lait de chèvre, sans oublier le sucre du présent. Finalement, le tout bien mélangé, les brousses sont délicieuses. Benjamin, comme Jérémy, les mangent donc en grandes bouchées et de bel appétit. Mais Benjamin sera bon pour ramener tout ce qu'il avait apporté, hormis le café. Et si Louisette était là, elle rajouterait : « Ils auraient mieux fait de manger le pâté que de boire le café. Cela les aurait moins énervés ! À force de faire l'aller-retour, la boîte va bien finir par tourner. »

Puis la conversation se poursuit, avec le même miel dans chaque mot, le même sel dans les propos.

— Si je ne me trompe pas, Benjamin, ta *blanche* ressemble beaucoup à celle de Léon.

— Bien sûr, puisque c'est la sienne. De toute façon, c'est le seul qui en distille encore. Du coup, pas de jaloux !

— Alors je n'arrive pas à comprendre pourquoi Adrien vient boire la tienne. C'est bien une idée de gamin.

— Peut-être, mais n'aie crainte, cette histoire ne restera pas entre nous comme un secret de demoiselle. J'en aurai le cœur net. Je vais lui apprendre, moi, à cet ostrogot, à surveiller son minot.

— Tu ne vas pas en faire une maladie, ou je t'emmène tout de suite à l'hôpital !

Mais l'heure ayant tourné sur leur montre, dans les pas du soleil et les ombres des pins, ils finissent par s'inquiéter enfin.

— Je crois que c'est l'heure, Jérémy, on y va ?

— Oui, sinon on risque d'entendre la sirène sonner. Et pas celle de l'ambulance, mais celle des pompiers, agitée par Louisette et Maria ! Surtout qu'on a encore du chemin à faire pour rentrer. Mais on reviendra, n'est-ce pas ? Au moins, ici, on peut parler tranquilles, y a *dégun* qui peut nous déranger. Sans compter qu'il faut que je me réhabitue à la *blanche* avant qu'il n'y en ait plus !

Benjamin lui fait les gros yeux, mais, pas rancunier, continue, tout joyeux et satisfait :

— Je le savais que mon petit coin te plairait.

Puis il referme la porte en glissant un gros cadenas dans les anneaux rouillés. Il fait tourner ensuite une petite clé qu'il a sortie de sa poche. Il tire dessus, vérifie si tout est en ordre près du cabanon, et, après un dernier regard, tous les deux, satisfaits, reprennent le petit sentier. Ainsi, l'*agachon* reste seul, avec sa couverture d'aiguilles de pin en guise de cheveux, son toit étroit, pentu, mais juste un peu, et ses petits yeux fermés sur les quatre côtés. Il vient déjà de s'endormir. Alors gare ! Les grives vont pouvoir passer sans le faire frémir, sans avoir besoin de se dépêcher. À leur guise.

Les pas des deux grands-pères bruissent légèrement pour ne pas déranger la campagne ensoleillée, chaude et parfumée. Cependant, la tentation étant trop forte, il leur reprend soudain l'envie de parler. De fait, il faut se dépêcher de tout se raconter quand on prend de l'âge, aussi jamais ne s'arrêtent les bavardages.

— Un de ces jours, Jérémy, on pourrait aller voir la mer d'un peu plus près pour que tu la sentes, à te détartrer les narines. On pourrait aller à la Calanque du Pourpre par exemple.

— C'est une idée. On retrouverait Fifi pour faire un tour au large.

— Avec Fifi ? Ne parle pas de malheur. Tu veux te suicider, ma parole ? Tu ne te souviens pas de la dernière sortie que nous avons faite ensemble, en bateau ?

— S'il s'agit de celle où nous sommes rentrés bredouilles, ce n'est pas une catastrophe, c'est à peine une contrariété qui te serre un peu le gosier, puis que tu avales volontiers parce que ça te fait rigoler. On y va plus pour respirer, pour se remplir les poumons d'iode, que pour pêcher, tu le sais bien !

Jérémy tire ses bras en arrière en aspirant l'air parfumé.

— Et le paquebot alors, tu ne t'en souviens pas du paquebot ?

— Quel paquebot ? Tu as fait une croisière avec Fifi ?

— Non, on n'est jamais monté dessus. Enfin, pas tout à fait. Mais ça a failli ! On ne l'a pas loupé de beaucoup. On était parti le matin aux aurores, avec une mer aussi plate qu'une sole. Il n'y avait pas un nuage. Au contraire, il plombait un soleil gros comme une pastèque, qui te tombait sur la tête aussi fort qu'une masse qui frappe le fer. Il n'y avait pas une barcasse à l'horizon, pas un pointu, personne. On était seul sur toute la mer !

Cette fois, c'est Benjamin qui écarte les bras au milieu du chemin, pour montrer l'étendue de l'eau tout entière. Mais Jérémy le coupe sans manières.

— Des journées pareilles, collègue, j'en ai passé des centaines. Cela n'a rien d'exceptionnel !

— Pourtant, celle-là, tu peux me croire, cela m'étonnerait que tu l'aies vécue une deuxième fois. Je t'explique, écoute-moi : on était en train de pêcher, Fifi et Martin, le Parisien – celui qui louait toutes les années chez Pauline. Il y avait toi et moi, je m'en souviens.

Jérémy secoue la tête, d'un air de dire : « Mais non, je n'y étais pas. » Mais Benjamin reprend sans même le remarquer :

— On pêchait, les idées ensommeillées, les yeux mi-clos, face au reflet brillant d'une mer d'huile, véritable miroir des dieux sur lequel nous glissions silencieux, au gré des courants marins qui se cachaient dans les profondeurs bleu marine.

Durant un court silence, Jérémy se moque :

— Tu parles bien quand tu veux. Et là, mon vieux, tu y prends peine.

Aussitôt, Benjamin ne se fait pas prier pour en rajouter une pincée, mimant la scène avec encore plus de passion et d'authenticité.

— Pas un bruit, pas une *pitée*, non plus, d'ailleurs. Et le silence : celui d'avant la catastrophe, celui qui est encore plus silencieux que le silence d'habitude. Et tout d'un coup, BOUM ! Un bruit énorme, une secousse terrible, un tremblement de terre de fin du monde !

— Arrête un peu de nous parler de la fin du monde. Tu vas bien finir par nous la faire tomber sur la tête pour de bon si tu continues. D'abord, est-ce que tu sais ce que c'est, la fin du monde ? Tu ignores ce que serait un tremblement de terre qui ferait tout juste tinter la cloche de Démourge.

— Néanmoins, je peux toujours me l'imaginer. Et ça, je sais le faire, en long, en large et en travers, rien que pour t'embêter.

Puis il poursuit, en gardant ce ton pathétique qu'il avait pour commencer.

— Pour nous, ce fut un choc affreux. À tous s'affaler au fond de la barque, la tête la première, raides morts.

Et il se tait, pour faire monter encore un peu l'émotion.

— Jérémy, tu ne vas pas me croire, on était rentré dans un paquebot.

— Comment ?

— Oui, tu as bien entendu. Il y avait toute la mer de libre, nous n'étions que deux bateaux dessus, et nous, *peuchère*, on n'était pas bien gros. Eh bien, nous nous sommes rentrés dedans, pire que si nous avions été aimantés comme deux clous de charpentier.

Jérémy lève les yeux et secoue la tête, se moquant de l'innocence de son ami, qui, cependant, poursuit, sans y prêter attention :

— Pauvre Fifi ! Il criait si fort qu'il couvrait à lui seul le bruit de la sirène que le monstre faisait entendre, pire que le cri de colère d'une bête furieuse lorsque tu lui *esquiches* la queue sans le faire exprès. Tu te rends compte ? Nous étions rentré dans un paquebot !

Jérémy ne faisant aucun commentaire, il lui demande, contrarié :

— Et alors ! Cette histoire ne te rafraîchit pas la mémoire ?

— Hé non. Je te répète que ce n'était pas moi. Moi, JE N'Y ÉTAIS PAS !

— J'ai compris, tu n'as pas besoin de crier, je ne suis pas sourd.

— Peut-être, mais tu es plus *testard* qu'une vieille mule. Aussi, notre conversation devient un véritable dialogue de sourdingues. Et pas de n'importe lesquels, de ceux qui sont sourds comme des pots !

— Bon, avant que tu n'en viennes carrément aux insultes, je préfère jouer les muets.

— Je ne t'en demande pas tant. Mais reconnais, Benjamin, que cela fait dix fois que je te répète que je n'y étais pas. Je n'y étais pas, c'est simple, non ? Je-n'y-é-tais-pas !

Et il détache chaque syllabe pour les enfoncer un bon coup dans la tête de Benjamin.

— Bon, bon... J'ai compris. Tu n'y étais pas.

— Eh non.

Benjamin se tait, vexé, continuant de marcher derrière son ami. Mais juste quelques pas, avant de finir par lui confier d'un air plus guilleret :

— En tout cas, dans une semaine, j'en connais un autre qui n'y sera pas.

— Qui ça ?

— Moi, parce que je m'en vais.

— Ah ! Il y avait longtemps qu'il n'était pas parti. Il a *maï* pris le feu aux fesses.

— On part chez Guénolé, le père de mon gendre, pour les fêtes de Pâques. On y va chaque année, ne fais pas l'étonné. Mais je remarque que ça te contrarie une fois de plus.

— Pas du tout. Tu peux aller à Tombouctou si tu veux, du moment que tu ne me demandes pas de t'accompagner. Car, même pour te faire plaisir, je ne risquerai pas le voyage. Je n'ai pas de rame et je ne sais pas nager. Alors je suis prudent, camarade !

Finalement tous deux se mettent à rire, parce qu'ils s'aiment bien. Puis leur conversation se poursuit ainsi, en taquineries de toutes sortes, comme souvent, comme toujours. Le son de leurs voix profondes, éraillées par les griffes du temps, se perd dans les longues ailes du vent qui ricoche sur les cailloux du petit sentier tortillard, sans arriver à se perdre pour de vrai, si ce n'est au hasard. Partout, le printemps se gonfle de parfums, de sève et de résine, avant d'exploser en mille fleurs, de même que la balsamine éclate, lorsqu'une aile de papillon vient à peine l'effleurer.

*
* *

« Jérémy n'est pas à prendre avec des pincettes ! », a dit Maria dans la matinée.

« Ce qui ne change pas beaucoup ! », aurait rajouté Irma si elle avait été là.

Mais elle n'est pas encore arrivée à L'Épervière. Aussi, pour une fois, ce n'est pas elle, non plus, qui le contrarie.

En vérité, il ronchonne après Benjamin qui est parti, comme il l'avait annoncé. Il l'a abandonné à son triste sort, au bord du fossé, et Jérémy n'arrive pas à le digérer. La preuve, il n'arrête pas d'en parler, encore et encore :

— Qu'est-ce qu'il a besoin d'aller jusqu'en Bretagne ! Il n'est pas bien ici ? Qu'est-ce qu'il a de plus, maintenant, là-haut ? Rien, si ce n'est le soleil en moins !

« *Fan* des pieds, un peu plus loin ! » a dit Maria la première année, résumant ainsi la situation et les pensées de chacun dans la maison.

Aussi, depuis, Jérémy se console comme il peut, c'est-à-dire en lisant le journal plus attentivement que d'ordinaire. Et en ce moment, il chercherait plutôt les petites chroniques régionales, pour ne point dire communales, avec de minuscules caractères qui le font souffrir, même si, pour les lire, il a chaussé ses lunettes sans réfléchir. Mais ces nouvelles-là sont toujours plus intéressantes que toutes ces graves informations nationales qui lui pompent l'air dans leur éternel recommencement. Dans ces chroniques, justement, on y a parfois parlé de Mathieu, en des termes souvent élogieux, lors de la parution de l'un de ses livres, ou à l'occasion de la remise de certains prix littéraires où il s'est distingué. Car il a eu des prix, Mathieu, quoi que puisse en dire Jérémy pour se moquer :

— Tu parles d'un prix ! Un chèque pas plus gros qu'un confetti et des poignées de mains longues comme une nuit sans lune. Sans oublier le discours sans fin, pire que celui de Néron, à nous prendre tous pour des Athéniens au pied du Parthénon !

Mais aujourd'hui il ne trouve personne de sa connaissance dans ces lignes. Il n'y a même pas une naissance. Point d'héritier dans le quartier, ce qui le rassure tout à fait, et calme sa jalousie maladive, toujours prête à se faire sentir à ce sujet. Personne, non plus, juste à côté, dans les avis de décès. Ce qui serait plutôt une bonne nouvelle. Au risque, sinon, de lui en ficher un sacré coup sur le moral, et de le voir enquiquiner son monde de plus belle, pour faire comprendre à chacun qu'il est bien vivant, alors qu'il est impossible de l'oublier un seul instant.

Tout à coup, Jérémy trouve quelque chose d'intéressant à lire, car il se penche davantage et retourne son journal pour en faire une seule page, puis s'installe plus confortablement dans son fauteuil. L'article n'est pas très long, le titre pas bien gros, mais ce dont il parle a l'air grave, puisqu'il fronce les sourcils. Il y a même une photo. Mais, stupéfait par la nouvelle, il se met à parler tout haut.

— Non d'une pipe, quelle époque ! On n'avait encore jamais vu ça par ici.

— Vous devez en avoir, *sas*, des sous cachés !

Jérémy bascule les yeux par-dessus ses lunettes pour savoir qui a parlé, et aperçoit Maria au milieu de la pièce, qui semble ne faire que passer.

Tout en reprenant sa lecture, il lui répond d'un air distrait :

— Pourquoi voulez-vous que j'aie des sous cachés ? Si j'étais riche, cela se saurait !

— Parce que vous parlez tout seul. C'est toujours ce qui se dit.

— Il est difficile de ne pas parler tout seul quand on voit ce qui se passe. C'est à vous faire dresser les cheveux sur la tête, pire que la mèche du professeur Nimbus !

Et il dessine devant lui un grand point d'interrogation. Ensuite, il donne une pichenette à la feuille ouverte, qui, dans une moue de *ronchonnette*, lui répond en se pliant en deux. Alors, elle reçoit une deuxième pichenette, qui cette fois lui cabosse le front. Mais Jérémy n'insiste pas, perdant patience devant cette énervante obstination.

— Bouh ! J'en ai marre de ce journal, c'est un véritable étendard qu'on est obligé de tenir en faisant le grand écart. Comme s'ils ne pouvaient pas le faire un peu plus petit ! Ça userait moins d'encre et de papier, et on ferait au moins des économies ! Si ça continue, je vais finir par le rouler en boule, ça ne va pas traîner, et je le jetterai dans la cheminée ! Au moins, ça servira toujours à se chauffer.

Mais Maria lui conseille :

— Ce ne serait pas une mauvaise idée, parce que de lire de mauvaises nouvelles, cela finit toujours par vous démoraliser.

— Il faut bien que je m'informe, tout de même, sur ce qu'il se passe dans le monde et dans la région. D'ailleurs, il vaut mieux que je compte sur *Le Provençal*, car je ne suis jamais au courant de rien dans cette maison. On ne me donne que des miettes, de celles que l'on jette aux moineaux, en amusette.

— De toute façon, si vous étiez au courant à l'avance, vous vous feriez un mauvais sang d'encre, et ce n'est pas nécessaire, parce que ça n'a jamais fait de bien à personne.

— Bien sûr, vous, vous êtes toujours informée. Comme tout le monde, d'ailleurs !

Là, il a pris un air très entendu.

— Oh, plutôt que de vous vexer, vous devriez voir, au contraire, que chacun cherche à vous ménager. Laissez donc aux jeunes le soin de faire avancer la famille, sans qu'ils aient besoin de vous demander sans cesse la permission.

— Mais c'est ce que je demande, moi, qu'ils fassent avancer la famille. Seulement ils n'ont pas l'air pressés. Et s'ils comptent attendre encore longtemps, ce ne sera plus la peine, je ne serai plus là pour la contempler, la suite de la lignée, dit-il en se penchant vers la porte de la cuisine, pour bien se faire entendre des absents.

— Vous êtes surtout un gros égoïste. Et lorsque rien ne marche dans le sens que vous voulez, vous êtes dérangé aux entournures. De quoi vous vous plaignez, au juste ? Il ne se passe rien !

— Exactement, vous l'avez dit, Maria, il ne se passe rien, et c'est ça, le malheur ! Pas trop vite et va train-train… Alors cela n'est pas près de se concrétiser. À ne rien voir venir, même dans le lointain.

Une nouvelle fois, il se tourne vers la porte, mais Maria, le regardant faire, termine :

— Si vous continuez sur ce ton, votre caractère soupe au lait va tourner, et il sera juste bon à faire de la brousse ou du caillé !

— Quel caractère soupe au lait ? Je suis doux comme un agneau, comme un lait d'amande, qui lui ne tourne jamais.

— Oh, vous ne le savez peut-être pas que vous avez un sacré caractère.

— Bien sûr que je le sais, depuis le temps que tout le monde me le reproche et me le fait remarquer.

— Alors vous devriez le faire un peu plus discret. Seulement, avec vous, on ne peut jamais entamer une conversation sans que cela ne fasse un drame.

— Un drame, quel drame ? Je ne fais pas de drame. Je fais un drame, moi ?

— *Bè,* pardon ! Il ne vous manque plus que le pistolet. C'est simple, vous êtes pire que Montherlant.

— Mais qu'est-ce que Montherlant vient faire là-dedans ? Vous ne savez même pas qui c'est, Montherlant.

— Si, je le sais. Je le sais parfaitement !

Maria semble très vexée de la réflexion de Jérémy, aussi rajoute-t-elle avec précision :

— À l'automne, Charles m'a emmenée à Aix voir une pièce de théâtre qui était justement de Montherlant.

Charles, on ne l'entend jamais et on ne le voit pas, parce qu'il est toujours occupé, puisque c'est lui qui entretient la propriété, on le sait. Mais c'est aussi une bonne excuse, comme Jérémy, un jour, l'a expliqué : « Pauvre Charles, il préfère s'en aller, parce qu'elle ne lui laisse pas le temps d'en placer une ! C'est Maria qui tient le crachoir toute la journée. Aussi, il ne lui reste que la nuit pour parler. Seulement, s'il veut se reposer un peu, il n'a guère le choix. Alors il est condamné à se taire, jusqu'au cimetière. Après, au moins, il pourra faire comme il voudra : causette avec saint Pierre ou bien saint Nicolas ! »

Mais Maria continue d'expliquer.

— Son cousin Francis nous avait envoyé une invitation gratuite, parce qu'il jouait dans la pièce. Aussi, on ne s'est pas fait prier. Donc, si je vous dis que je sais ce que c'est, du Montherlant, c'est que je le sais. Je n'invente pas. Je ne sais plus le titre, mais qu'est-ce que c'était beau tous ces costumes, ces lumières ! Enfin, ce que je peux vous dire, c'est que ce n'était pas gai, mais pas gai du tout. Par contre, qu'est-ce que c'était beau !

— Puisque c'était si beau, vous auriez pu me le dire. Au moins je vous aurais accompagnés.

— Alors, j'ai bien fait de me taire, c'était même une drôle de bonne idée, car vous m'auriez cassé les pieds toute la soirée et les jours d'après.

— MARIA !

— Quoi, Maria ? La preuve, pas moyen de vous voir un jour content. Quand on ne le dit pas, il fallait le dire, et quand on le dit, vous trouvez encore quelque chose de travers. Avec vous, il y a toujours *coucarin*, et lorsque vous n'avez pas votre pauvre sœur Irma, il faut que vous vous en preniez à quelqu'un d'autre. Et ce quelqu'un d'autre, aujourd'hui, c'est moi.

— Ah, il y avait longtemps qu'on n'en avait pas parlé de celle-là.

— Bien sûr, puisque dès que l'on dit son nom, vous prenez la colère noire, et si vous continuez, vous allez vous retourner les sangs, vous ne mangerez plus et vous prendrez votre point au foie qui vous fait faire la grimace.

— Et ce sera de votre faute.

— Pardi ! Vous voulez que je vous dise, je préfère encore retourner à mes casseroles. Elles, au moins, quand je leur frotte le derrière, elles sont contentes.

— Qu'est-ce que cela veut dire ?

— Ça veut dire que votre caractère est assez beau comme ça, pas besoin de lui astiquer les fesses pour le faire reluire.

Et qu'à l'inverse de ma batterie de cuisine, quand je vous bouscule un peu, vous, vous n'êtes pas content.

Jérémy est devenu rouge tomate et ne sait plus quoi répondre devant une telle avalanche d'arguments auxquels, certes, il ne s'attendait pas. Aussi finit-il par dire, en s'énervant complètement :

— Filez donc préparer le repas, que si ça continue vous serez en retard, et là, oui, cela me fera mettre en colère pour de bon !

Mais, sans lui répondre, Maria retourne à sa cuisine, les yeux courroucés, jugeant qu'il vaut bien mieux se taire, ou ça ne finira jamais.

Jérémy, se retrouvant seul de nouveau, soupire :

— *Bè,* ce n'est pas trop tôt !

Puis il regarde autour de lui, cherchant ce que Maria était venue faire. Mais ne trouvant rien de particulier, il se met à crier en direction de la cuisine où la porte est restée ouverte.

— ESPIONNE ! Vous n'avez pas honte, espèce de MATA HARI ?

Aussitôt, tenant une casserole dans une main et dans l'autre un couteau pointu, son grand tablier tout aspergé, Maria réapparaît pour demander :

— Qu'est-ce que vous dites ?

Jérémy répète, en articulant bien, cette fois :

— MA-TA-HA-RI ! Vous n'êtes qu'une Mata Hari.

— *Ma-ta-ari* ? Soyez donc poli, et parlez français, que je vous comprenne. *Mata-ari* ! *Mata-ari* !

Tout en bougonnant, elle repart vers son ouvrage, pendant qu'Émilie et Mathieu, qui ont assisté à la scène depuis la cuisine, rient de bon cœur et sans partage.

Jérémy reprend alors son journal, le tourne, le retourne, afin de retrouver l'article qu'il avait commencé à lire avant cette interruption mouvementée. Mais tout cela le fait sourire, comme soupirer de plaisir, car au fond il aime bien taquiner toute sa maisonnée.

*
* *

Le repas commence par un plat de cannellonis, accompagné d'une salade frisée, relevée de quelques croûtons frits, frottés d'ail, et parsemée de bouquets de persil pour parfumer et faire joli, lorsque Jérémy se fait interpeller par son fils.

— Il me semble qu'il y avait de l'eau dans le gaz, tout à l'heure. Après qui en avais-tu ?

— Comme si tu ne le savais pas ! Je t'ai entendu rire jusque-là, réplique-t-il, avant de remettre le nez dans son assiette.

Ce qui fait dire à Émilie :

— Chaque fois que ton père est pris en flagrant délit, j'ai remarqué qu'aussitôt il fait la sourde oreille.

Mais sans lever les yeux, celui-ci lui répond :

— On n'a pas le droit de parler dans cette maison ?

— De parler, certes, mais pas de crier. On aurait dit qu'on t'égorgeait, répond Mathieu, tandis que Maria entre pour apporter une magnifique tarte aux poires, qu'elle pose près d'Émilie qui lui demande avec pitié :

— Qu'est-ce qu'il vous a encore fait, ma pauvre Maria ?

— Oh, ce serait trop long à expliquer. Mais de lire le journal, cela ne lui donne pas de bonnes idées, termine-t-elle en le regardant.

Du coup, Mathieu l'interroge :

— Qu'est-ce qu'il y a de si particulier dans le journal, aujourd'hui, papa ?

Jérémy, reposant sa fourchette, essuyant ses lèvres et ses moustaches aux bouts frisés, répond, presque avec un ton solennel :

— Il se passe qu'il se passe des choses graves à Démourge. Et heureusement que j'ai mon quotidien pour me tenir au courant.

Puis il retombe dans le silence. Toutefois, ce serait mal le connaître que de penser qu'il va en rester là. D'ailleurs, après avoir bu quelques gorgées de vin pour faire passer ses mauvais sentiments, il se met à raconter, cette fois volontiers :

— Figurez-vous que, mardi dernier, il y avait foule sous les platanes de la place Jaurès. On se serait cru un jour de printemps, pour la foire de Saint-Joseph.

Presque ensemble, ses deux auditeurs attentifs questionnent :

— Pourquoi ?

Jérémy, ravi de son succès, annonce triomphalement :

— Nestor Défontasio a été arrêté !

— Qui est-ce ? s'inquiète Émilie.

— Qu'est-ce qu'il a fait ? rajoute Mathieu.

— C'est un pauvre Piémontais qui habite La Capeline, avec toute sa famille. Eh bien, il s'est fait prendre, en train de dévaliser la maison de Maurice Gazel, le notaire.

— Pour se faire attraper par les gendarmes de Démourge, il a fait fort, le bougre, explique Mathieu.

— C'est vrai qu'ils n'ont pas l'air méchant, souligne Émilie en riant.

Mais Jérémy, lui, continue sur sa lancée.

— Vous voulez dire qu'il faut même le faire exprès. Car le chef est peut-être grand et robuste ; il porte bien de petites lunettes rondes cerclées et note tout dans un carnet qu'il garde caché dans la poche de sa veste, mais sa vraie passion, au chef, vous le savez ? C'est la pêche. Il aime bien taquiner le brochet.

— J'en connais un autre.

— Oui, mais moi, j'ai du temps à gaspiller. Tandis que lui, il aurait plutôt du temps à rattraper. Parce que, finalement, ses investigations ne vont jamais plus loin que sur le bout de papier. Choufarelli, son second, est plus petit et plus jeune. Mais il porte un képi un peu trop grand pour lui, qui plie légèrement le bord de ses oreilles. Aussi, cela fait rire toute la population qui l'a surnommé: Choufarelli. Mais attention, tout cela en catimini, car il ne s'agirait pas de le lui dire en face. Un gendarme reste toujours un gendarme, cela ne tient pas qu'à son képi. Bien que je ne sois pas certain que cela le ferait mettre vraiment en colère. Mais je n'en jurerai point. Enfin, Choufarelli, c'est un rêveur. D'ailleurs, il ne voulait pas être gendarme, et ce n'était pas non plus le brochet qui l'intéressait. Lui, il voulait s'envoler en ballon. Cependant, même s'ils ne sont plus à cheval, et s'ils ne font guère de marche à pied, parce qu'ils vont plus volontiers à bicyclette ou en automobile, il n'est pas question, pour l'instant, de faire se déplacer les *hirondelles* en ballon dirigeable ! termine-t-il.

Ce qui fait rire de bon cœur Mathieu et Émilie, qui s'agitent, assis à la table.

Puis il reprend :

— Aussi, pour finir, la montgolfière s'est envolée toute seule, emportant rêves et ambitions. Pauvre Choufarelli, lui non plus n'a pas la vocation d'arrêter les voleurs ! D'ailleurs, ce n'est pas la maréchaussée, mais Maurice Gazel lui-même, qui a trouvé Défontasio au beau milieu de sa salle à manger, tenant dans la main ses cuillères en argent. Tu parles d'un coup de sang pour le notaire ! Par contre, pour le chef, c'est un coup de piston pour son avancement. Sans parler de la sécurité de tous les citoyens de Démourge, et de la nôtre en particulier. Va donc savoir ce que Défontasio s'était imaginé de faire dans le quartier ? Il comptait peut-être tout nous ratiboiser ! Enfin, c'est ce qu'a dû lui dire M. le maire, parce qu'il était là, lui aussi, après avoir rejoint en quatrième vitesse la maison communale, pour ceindre l'écharpe tricolore – élément indispensable dans les moments les plus critiques. Ainsi a-t-il accueilli, du haut des trois marches, les deux compères et le belligérant, lançant des regards de reproche et de sévère désapprobation au voleur, tandis qu'un immense sourire, accompagné de longues poignées de mains, félicitait le chef et son acolyte.

Après ces belles tirades, sans attendre davantage, Jérémy se lève, se dirige vers le fauteuil, prend le journal, l'ouvre à la bonne page, avant de conclure, tout en jetant le quotidien sur la table :

— Et voilà tout ce joli petit monde, posant pour la photo qui trône en troisième page du *Provençal*. Comme s'il s'agissait d'un exploit remarquable !

Aussitôt, Mathieu et Émilie se précipitent pour admirer les vedettes de l'événement. Preuve, s'il en fallait, que Jérémy a l'art et la manière de transformer un entrefilet paru dans la rubrique des *chiens écrasés* en un événement extraordinaire. Et c'est ce qui a toujours fait son succès !

*
* *

Les fêtes de Pâques sont passées, emportant un peu plus loin les cloches qui s'étaient déplacées jusque-là, avec leur carcasse d'acier, ouverte, sans pouvoir faire tomber leurs chocolats dans tous les prés, parce qu'il n'y a personne ici, à L'Épervière, pour partir à leur recherche et les ramasser.

— Une année de foutue ! N'en parlons plus ! s'est écrié Jérémy, déçu de ne pas voir courir son héritier et même pas pointer son nez.

Pâques, par contre, a vu arriver Irma, et, sans tarder, elle a apporté avec elle une pointe de piment sous ce toit. Enfin, une pointe, c'est une façon de parler. Ce serait plutôt une grosse cuillère à soupe, bien bombée. Car c'est toujours ainsi, Jérémy et Irma : le feu et le tisonnier, le chat et la souris…

Partout, dans la campagne, les courtes violettes au port parfait, guindé, avec leur grosse tête aux oreilles dressées, ont parfumé les dernières gouttes de rosée oubliées par le vieux printemps tout ridé, prêt à expirer. Mais pour l'instant Jérémy n'en fait même pas un bouquet. Il reste debout, pensif, devant la bastide de Benjamin.

La Bastide Neuve est une maison massive, imposante, bien assise au bout de son allée régulière de platanes. Une allée différente de celles coutumières. En effet, les arbres du milieu semblent faire le gros dos, en vieille femme sous un fardeau. De chaque côté, trois d'entre eux sont beaucoup plus grands que les autres, les dépassent d'une bonne crinière. Ils ont les joues tellement gonflées, la tête si ronde, qu'en frôlant leur sommet un oiseau pourrait jouer aux montagnes russes sans se fatiguer. Mais aujourd'hui les arbres sont muets. Pas un oiseau n'est là pour faire ses ébats. Où sont-ils donc allés ? Les habitants partis, ils auraient pu prendre possession du domaine en toute liberté, en toute quiétude, alors qu'ils l'ont déserté. Les auraient-ils accompagnés dans leur annuelle aventure ? Tout paraît plus triste, sans vie, sans gazouillis de chamaillerie ou de mélodies improvisées. Benjamin aurait-il emporté avec lui l'âme de sa demeure ? Et faudra-t-il attendre qu'il enfile la clé dans le ventre de la grosse serrure… que la porte grince sur ses gonds en un long bâillement de mystère… que la lumière du jour pénètre au cœur des murs épais, pour enfin la réveiller, qu'elle soulève ses paupières, faisant fuir le sortilège qui s'était installé ? Pour l'instant, ce n'est point le moment. D'ailleurs, rassuré que rien ne bouge, que rien ne dérange cette quiétude naturelle, Jérémy reprend le chemin qui le ramène à L'Épervière. Un chemin sans surprise, parce qu'il est toujours plus simple et désuet, le chemin du retour.

Après quelques jours d'accalmie, le mistral est revenu souffler sans répit. Mais cette fois il s'agit d'un vent à tout casser. « Un vent du diable ! » a dit Maria. Un vent qui siffle, tout à coup, dans les branches des gros lilas qui accompagnent toujours les bastides. Alors, en réponse, Jérémy en fait autant, en filant. Il siffle, tel le merle tendre au printemps. Finalement, ce matin, il est de très bonne humeur, et ce vent ravageur qui forge les patiences semble lui apporter un grand air de gaieté. Un vent de liberté !

Une fois Jérémy installé devant la cheminée, sa sœur Irma fait son entrée pour le questionner.

— Qu'est-ce qui se passe, Jérémy, pour que tu aies soudain l'air si gai ?

— Qu'est-ce que tu veux qu'il y ait de particulier ?

— Justement, je te le demande. Ce matin, nous t'avons quitté bougonnant contre le mistral, or, depuis un moment, tu sembles en pleine forme. C'est si rare de te voir de bonne humeur, que tu dois avoir une bonne raison.

— Qu'est-ce que tu vas chercher ! C'est dans mon caractère, dans mon tempérament.

— Dans celui du dimanche, alors, car celui de tous les jours aurait plutôt des airs de *brigues* et de grise mine allongée.

— C'est parce que, ce matin, j'ai eu une surprise qui m'a complètement tranquillisé. Mais comme c'est personnel, je ne te dirai pas ce que c'est.

Après cette réplique catégorique, tous deux restent silencieux, jusqu'à ce que Émilie arrive en demandant :

— Il paraît que Benjamin vous a écrit, père ?

— Qui c'est qui vous l'a dit ? lance-t-il, furieux, en la regardant dans les yeux.

— Tiens, tiens, c'est peut-être ce qui te rendrait de si bonne humeur ? Tu vois que l'on arrive toujours à tout savoir, s'interpose Irma.

— Je trouve surtout qu'il y a beaucoup d'oreilles qui traînent partout dans cette maison. Et puis, qu'est-ce que cela peut bien te faire ?

Mais c'est Émilie qui répond en souriant :

— Cela pourrait nous faire plaisir si c'était pour annoncer qu'il rentre bientôt, ou nous contrarier si c'était pour dire qu'il reste encore un peu. Car là je sais que vous en auriez le caractère affecté et que ce ne serait pas très bon pour la parenté.

— Émilie, je vous trouve bien arrogante !

— Moi, je la trouve très réaliste, si tu veux mon avis.

— Justement, Irma, ton avis, je ne te le demande pas.

Il reste silencieux, tandis que sa sœur insiste :

— Dis-nous ce qu'il te raconte, au lieu de faire ta mauvaise tête.

— Je ne vois pas ce que je devrais te dire, puisque cela ne te concerne pas. Et vous, Émilie, racontez-moi plutôt par quel moyen vous le savez, qu'il m'a écrit ?

— J'ai rencontré le facteur qui me l'a dit, sans que je lui pose de question. Lui, au moins, n'a pas peur de donner des explications.

— Trahison ! Dénonciateur ! Faux jeton ! crie Jérémy en direction de la fenêtre, tandis qu'Irma et Émilie commencent à s'amuser.

Puis la tante fait remarquer, en se penchant vers sa complice :

— À voir sa mine, je suis sûre que Benjamin revient.

— Peut-être qu'il arrive tout de suite ?

Mais Jérémy joue l'indifférent, tout en leur précisant :

— Oh, vous pouvez dire des messes basses, des clopinettes, c'est tout ce que vous aurez gagné : des clopinettes.

Après quelques rires de la part des conspiratrices, entrant dans le salon à son tour, Maria s'adresse à Jérémy.

— Qu'est-ce que je fais pour La Bastide ? Je vais aérer les pièces tout de suite ou j'irai plutôt ce soir ?

— Mais qui vous demande quelque chose ?

— Écoutez, tout à l'heure, vous êtes venu me voir dans la cuisine, en me disant d'arrêter tout puisque les Béranger rentraient et qu'il fallait que j'aille faire un peu de ménage dans la maison avant leur arrivée. Là, j'ai terminé le dîner, et, comme il est presque onze heures, je me demandais s'il ne faudrait pas que je file maintenant, à moins que cela puisse attendre l'après-midi ? Car s'ils arrivent demain matin au train de dix heures, je n'aurai pas le temps, ensuite, de faire quoi que ce soit.

Devant le silence qui plane soudain, en grand condor des Andes, Maria continue, point décontenancée :

— Alors, qu'est-ce que je fais ? Vous me le dites tout de suite, ou il faut que j'aille voir dans le marc de café ?

— Mais qui vous a réclamé toutes ces explications ? Vous ne pouviez pas me demander ce qu'il fallait faire, sans tout détailler, pire qu'une notice de comprimés !

— Oh, Jésus Marie Joseph ! Une fois de plus, ce n'est pas ce qu'il fallait faire. Je le savais. La prochaine fois, je ferai comme il me plaira, et si vous n'êtes pas content, tant pis pour vous, ça passera avec le temps.

Puis, s'adressant aux deux femmes, elle rajoute :

— C'est vrai à la fin, il n'est jamais satisfait de rien !

Sur quoi, elle disparaît dans sa cuisine, baissant les bras de désespoir, en rajoutant entre ses dents :

— *Vé*, Élise, qu'est-ce que tu veux que je te dise ? La messe, je ne la sais pas ! Mais personne ne sait de quelle Élise il s'agit, ni ce qu'elle vient faire au milieu de la messe. Mais ça, c'est du Maria tout craché !

Certes, il n'y a plus de secret, malgré les efforts méritoires de Jérémy pour se le garder égoïstement, et cela lui déplaît horriblement. Aussi finit-il par exploser.

— Voilà, vous êtes contentes ? Vous voilà renseignées comme vous le vouliez.

— Qu'est-ce qui se passe ? interroge Mathieu qui entre à son tour.

Mais c'est Irma qui lui répond.

— Benjamin et Louisette sont de retour, et ça met ton père dans tous ses états.

— Moi qui croyais que tu serais content, depuis le temps que tu les attends…

— N'écoute pas ces deux bécasses qui ne sont là que pour me contrarier. Tu ne vois pas que ce sont elles qui me font mettre en colère. Elles, et cette satanée Maria.

— Pourquoi ?

Tandis que Jérémy, impuissant, lève les bras au ciel, Irma raconte à sa place :

— Il a reçu une lettre de Benjamin ce matin, mais il ne voulait pas nous en parler.

— C'était ma lettre, coquin de sort ! Je n'avais pas à vous le dire, ni aux uns ni aux autres.

Mais Irma continue avec gaieté :

— Seulement, mon petit Mathieu, Maria est venue nous déballer toute l'histoire, sans qu'on lui demande de nous la raconter, croyant que nous en étions informées, comme cela, d'ailleurs, aurait dû être le cas. C'est ainsi que nous avons appris que Benjamin arriverait demain matin, au train de dix heures.

— Et je suppose qu'il faut que j'aille les chercher ?

Jérémy qui s'est planté devant la fenêtre se retourne d'un bloc, pour recommander à son fils :

— Bien sûr qu'il faut que tu ailles les chercher. Tu ne crois pas qu'ils vont rentrer à pied, après le voyage qu'ils viennent de faire !

— Et tu comptais me le dire quand ? Demain matin vers dix heures moins le quart.

— Je te l'aurais dit quand j'en aurais eu envie, parce que vous commencez tous à m'enquiquiner sérieusement !

Ce qui est très catégorique. Aussi, Mathieu n'insiste pas davantage, essayant plutôt de calmer les esprits.

— Puisque maintenant tout le monde est au courant, ce n'est plus la peine d'en faire une montagne ni de garder une mine de six pieds de long. Demain, j'irai à la gare chercher nos promeneurs, tout est réglé.

— Promeneurs... promeneurs... C'est vite dit. Parle plutôt d'aventuriers, Mathieu, ou de grands voyageurs !

— Ah, pour ça, ils te font la *pige,* mon pauvre Jérémy.

Mais celui-ci ne répond pas à la taquinerie d'Irma. Il explique, au contraire :

— En tout cas, ce qui est sûr, c'est que l'ami Benjamin n'est pas très malin, parce que moi, si j'avais été à sa place, je serais rentré plus tôt. J'aurais choisi le jour de Pâques.

Chacun le regardant avec surprise, il s'exclame d'un air tout à fait triomphant :

— Comme ça, je serais rentré avec les cloches, et cela m'aurait toujours économisé le billet de chemin de fer !

Et une fois de plus Jérémy a eu le dernier mot. C'est parfois son souci, c'est souvent son défaut. Aussi, à présent, est-il vraiment content. D'ailleurs, toute la famille se met à rire avec lui, avant de passer à table d'un nouvel appétit, parce que le dîner est servi.

*
* *

La garrigue sauvage éclate de toute part, en touches parfumées. L'air est une haleine sucrée, surchauffée par une fièvre d'été. Mais ce temps-là, ce voleur de saison, va revenir demain à la raison, à la réalité du printemps qui traîne ses souliers dans la cour et dans les prés. En attendant, la porte d'entrée reste ouverte toute la journée, telle une gueule de baleine, comme en plein mois de juillet. Ainsi essaie-t-elle de rafraîchir un peu l'escalier qui se traîne dans ses marches forcées, qui n'arrive plus à respirer ni à détendre les idées qui s'agitent, qui fustigent sous ce toit, Irma étant toujours là.

Ce matin, à cette heure, Jérémy revient de Démourge, les bras chargés de pain. Il entre directement dans la salle à manger, parce que lui sont parvenues quelques voix familières, et s'écrie aussitôt, d'une belle manière :

— Oh, Benjamin ?

— Eh oui, Benjamin ! Qu'est-ce qu'il y a de si extraordinaire ? Tu croyais que j'étais mort ?

— Non, mais j'ai bien cru que tu ne reviendrais jamais. Attends deux secondes, je me débarrasse, que je ressemble à une poule qui a trouvé un couteau dans le pré.

Il pose les deux pains ronds sur la table, puis, après avoir embrassé son ami, s'assoit en face de lui avant de le questionner.

— Alors, comment se porte le vieux Guénolé ?

— Bien, bien, je te remercie. Il vous embrasse tous.

— Et la Bretagne ?

— De même, Jérémy, de même. Elle n'a jamais été aussi jolie !

— Tant mieux. Au moins, ça ne t'obligera pas à repartir tout de suite, pour voir si elle va mieux ou si elle a trépassé.

Tout le monde sourit, heureux de se retrouver. Mais Benjamin réserve quelques surprises.

— Tiens, Jérémy, je t'ai ramené un cadeau. Tu vois, je ne suis peut-être pas parti pour rien.

Il tend un paquet enrubanné à son complice qui reste surpris.

— Un cadeau pour moi ? Ça alors !

— Et oui, ce n'est pas pour le voisin, ce n'est pas mon copain. En plus, je ne suis pas un brin rancunier, lui rétorque-t-il, alors que le bénéficiaire pose sur ses genoux une petite boîte rectangulaire.

— Qu'est-ce que c'est ?

— Pas besoin de te donner un avant-goût. En fait, c'est une boîte que, lorsque tu l'ouvres, tu le vois du premier coup.

— Mais ce n'est pas mon anniversaire.

— Il n'est pas nécessaire d'attendre le calendrier, pour faire plaisir à ceux qu'on aime bien.

— Ça alors !

Effectivement, Jérémy n'en revient pas. Tout en défaisant le papier d'emballage, il soulève la boîte, la retourne, l'ouvre enfin, devant Émilie et Irma qui sourient de plaisir en le regardant faire. Tandis qu'il répète une troisième fois :

— Ça alors !

— Ne dis plus *ça alors*, on dirait un disque rayé. Tu as perdu ton vocabulaire ? C'est tout ce que ça t'inspire, un cadeau, un *ça alors ?* Pas possible, tu nous couves la scarlatine ou le béribéri ! Si tu continues, tu vas finir par nous faire tomber des pierres de moulin ou de la neige de Sibérie !

— Une pipe ?

— Eh oui, tu ne fumes plus ? Mais c'est une pipe de vieux loup de mer. Et tant pis si tu n'as guère quitté ta Provence.

— C'est le monde à l'envers ! constate Irma en riant.

— C'est pour ça que je dis *ça alors.* En plus, elle est magnifique. Nom d'une pipe !

Il rit volontiers, semble heureux comme un roi, et prend l'objet dans ses mains, tandis que s'impatiente Benjamin.

— Tu ne l'essayes pas ?

— Si, laisse-moi d'abord le temps de la reluquer un peu, de l'user avec les yeux. Après, je ne vais pas m'en priver, je vais même le faire toute la journée, et au diable la fumée !

Sur quoi, Irma de rajouter, en regardant Émilie qui hoche la tête :

— Il va surtout nous emboucaner pour ne pas changer !

Enfin, il décide de la mettre à la bouche, la mordille, la fait aller d'un côté, de l'autre, la retire pour la soupeser en connaisseur, pendant que tous le regardent faire, en foule d'admirateurs.

— Benjamin, *sas*, tu me fais plaisir ! Viens que je t'embrasse.

— Tant mieux. Surtout que c'était fait exprès.

Les conversations se poursuivent quelques instants, jusqu'à ce que, le ciel devenant sombre et menaçant, Jérémy constate :

— Tu vois un peu ce que tu nous as ramené en prime, Benjamin : un temps de chien. À présent, le ciel de Provence se met au diapason avec celui breton. Regarde-moi ça. Il est en train de tirer les couvertures d'une drôle de façon.

— C'est plutôt toi, Jérémy, qui fais brouiller les cieux. Je te l'ai dit tout à l'heure que tu allais faire tomber des pierres de moulin. C'est un sacré *pourpre* qui se prépare, un bien costaud, aux joues bien grasses. Et, coquin de sort, il pourrait faire mal s'il est pour nous.

De fait, les nuages arrivent à toute allure de derrière l'Espinchon, ce qui est souvent un mauvais présage. En peu de temps, d'ailleurs, le ciel tout entier disparaît sous un édredon qui assombrit le paysage. Aussi Benjamin repart-il sans tarder, même un peu précipitamment, ne voulant pas prendre, dans cinq minutes, une *saucée* carabinée.

Il aura d'ailleurs juste le temps d'arriver à sa bastide, avant qu'un déluge ne dégringole, à noyer les fossés, à faire d'énormes rigoles qui vont dévaler la route comme si le frein avait lâché. Pendant ce temps, là-haut, le petit Jésus joue aux boules, n'arrête pas de tirer en faisant des carreaux sur place qui claquent, pire qu'un coup de fouet, à casser les oreilles de tous ceux d'en bas, qui se contentent de compter les points sur leurs doigts.

*
* *

L'air est parfumé, sent si bon le foin coupé. L'été est arrivé, tenant un gros bouquet de fleurs, de fruits et de couleurs, sans oublier les milliers de criquets qui chantent leur mantra, mieux que les moines du Tibet. Ils le serinent, sans changer un iota, le jour aussi bien que la nuit, sans jamais arrêter cette longue litanie a cappella.

Les deux complices sont en promenade aujourd'hui, presque en cachette, car ils sont venus faire cueillette. Toutefois, ils se chamaillent aussitôt, ne pouvant pas s'en empêcher, comme s'il s'agissait d'une longue maladie dont on ne peut se dépêtrer, mais qui irait plutôt, avec l'âge, crescendo.

— Si c'était pour me faire le *mourre* pendant dix ans, Jérémy, ce n'était pas la peine que je me dépêche de rentrer de voyage. Qui c'est qui t'a mangé la langue ce matin ?

— Personne. Mais heureusement que tu me dis que tu t'es dépêché, parce que je ne l'avais pas remarqué.

— Rends-toi compte, Guénolé voulait qu'on reste jusqu'au mois de septembre, et qu'on redescende avec les enfants, à la fin des grandes vacances.

— Au mois de septembre ? Pourquoi pas au mois de janvier ? Au moins, tu lui souhaitais la bonne année sur place, pas besoin de faire un courrier, et le timbre, tu l'économisais.

— Pour une fois que je me déplace, je n'allais pas partir si loin, pour faire un simple aller-retour, et ne rester là-bas qu'un tout petit *viquinde* de rien du tout. Tant qu'on y était, on s'en est payé une belle tranche bien *empastissée* de beurre.

— Pourquoi de beurre ?

— Parce que c'est meilleur que le pain sec !

— Peut-être, mais au mois de septembre, mon beau... Cric !

Jérémy fait signe de se trancher la gorge en passant le pouce en travers de son cou. Puis il poursuit, sans donner le temps à Benjamin de réagir sur ce geste radical.

— Tu serais rentré juste à temps pour l'enterrement.

— Quel enterrement ?

— Le mien, collègue. Tu ne crois pas que j'aurais patienté jusqu'à la saint-glinglin, non ? Et comment j'aurais fait pour manger toutes ces morilles, hein ? Il y avait de quoi me faire attraper une belle *estoumagade*. Et à mon âge, c'est le genre de chose qui peut, tout de suite, te faire passer de l'autre côté.

— C'est vrai que cela aurait été dommage.

— Je comprends ! Parce que pour passer de l'autre côté, je ne suis pas encore décidé.

— Non, je dis dommage, pour les morilles. Cela aurait été vraiment impardonnable de manquer un tel événement. À s'en mordre les doigts jusqu'au poignet. Alors oui, j'ai bien fait de rentrer !

Et tous deux se mettent à rire, heureux de leurs taquineries retrouvées.

Depuis un moment, ils marchent dans la campagne, mais là où il n'y a plus de chemin, parce qu'ils l'ont perdu en route, par inadvertance, dans de grands romarins. Là, ils avancent avec patience, au cœur des chênes kermès, le chêne des garrigues, aux minuscules feuilles de houx, et dans les *argelas* en fleur, l'ajonc épineux de Provence, tous ces buissons qui griffent les mains sans complaisance, autant que mille hérissons ; ils bousculent, au passage, les cistes cotonneux aux pétales roses froissés, fleurs fragiles, toujours prêtes à s'envoler au vent de l'été pour se faire enfin repasser. Si communs dans leur paysage, ils ignorent les thyms échevelés, têtes embroussaillées, qui sont couvertes de petits points blancs ou de paillettes rosées. Ainsi, sous leurs pas fatigués, naissent les parfums familiers. Les odeurs se mêlent, s'emmêlent, avec générosité, débordent de tous côtés. Arômes qui se frottent à celui plus acide et secret de la résine blonde des grands pins alanguis. Des gouttes qui roulent sur leurs reins, tout le long de leur cou, en rubans de sucre candi. Le tout faisant chanter les premières cigales qui se réveillent soudain, après leur retraite monacale : ces années de mystère, cachées sous la terre, ce chaud fournil où gonfle le levain. Une façon, pour Jérémy, de repenser à l'héritier, s'il en était besoin.

Benjamin se baisse, plie en deux sa vieille carcasse, afin de fouiller une grosse touffe d'herbe sèche. Une herbe tout en paille dressée, tignasse d'Iroquois, un blaireau de barbier, qui garde dans son carquois les flèches raides des graminées. Toutes en même temps, les hampes bruissent doucement, frémissent, faisant penser aux sauterelles grises qui s'aiguisent les ailes avant de sauter dans les prés. Bref, une herbe de la pampa qui se mélange de son mieux au maigre maquis d'ici-bas.

Puis il avoue d'un air pensif :

— Cette année, je trouve que les morilles sont particulièrement parfumées.

— C'est vrai, on dirait presque des truffes. Et c'est ça que j'aimerais ramasser, moi : des truffes.

— Sans chien ni mouche, tu ne pourras pas trouver grand-chose si tu ne connais pas les coins.

— Tu ne m'as pas raconté que Ferrier en ramassait toutes les années ?

— Si, je l'ai entendu dire.

— Et qu'est-ce qu'il a, lui ?

— Un chien, il paraît.

— Qu'il a dressé ?

— Je pense. En tout cas, c'est préférable. Et ce n'est pas ton pauvre Faraud qui pourrait le remplacer.

— Oh, je ne lui en demande pas tant. Il n'est plus très jeune, et je crois qu'il n'est pas tout seul dans le régiment.

Mais préférant vite changer de conversation, il demande :

— D'après toi, Benjamin, où c'est qu'on pourrait en acheter un ?

— Un quoi ?

— Un chien. Un bon, quoi. Un comme il faut, un spécialiste.

— Un spécialiste ?

— Oui, un spécialiste de la truffe. Mais qu'est-ce qui t'arrives ? Tu suis la conversation ou tu rêves aux millions de la Loterie nationale que tu vas gagner au tirage de vendredi ? De quoi on parle en ce moment ? De la chasse aux oursins blancs ou de la pêche aux truffes ?

— Parce que tu veux te lancer dans la truffe ? Les morilles ne te suffisent plus ?

— Je serais trop bête de m'en contenter, étant donné qu'il y en a d'autres qui trouvent le pactole. On pourrait essayer à notre tour. Bien sûr, au début, on n'en parlerait à personne, motus et bouche cousue. Ensuite, si ça marche, on pourrait le crier sur les toits pour faire bisquer tout le monde. Tu ne crois pas ? Qu'est-ce qu'on risque ?

— On risque qu'il faudra un chien et que cela en fera un de plus à La Bastide.

— Qu'est-ce que ça peut faire puisque tu n'en as point ?

— Ça fera que Louisette ne sera pas de cet avis. Depuis la disparition de notre pauvre Tango, elle n'en veut plus. Elle n'a pas tort, tu sais. Après, quand il meurt, on a trop de peine.

Et à notre âge, la peine, ce n'est pas ce qui arrange le ciboulot ni qui fait tourner plus rond la vieille mécanique. C'est bon pour qu'elle se mette à grincer, avant de se casser en mille morceaux sur le plancher.

— On n'aura qu'à le mettre à L'Épervière. Il n'y a pas de raison pour qu'il ne fasse pas bon ménage avec Faraud. Peut-être que d'en voir un plus jeune que lui, ça lui redonnerait du courage, il est tellement fatigué.

— À moins que ça ne le tue carrément.

— Ne parle pas de malheur, oiseau de mauvais augure !

— Oh ! je ne lui veux pas de mal, c'est juste histoire de parler. Mais le malheur, c'est que je ne vois pas Émilie prendre la chose du bon côté. Quant à Maria, là, je préfère ne pas y penser.

— Je leur dirai que j'ai acheté un chien avec toi, un point c'est tout. Et celle qui ne sera pas contente n'aura qu'à faire comme si elle n'avait rien entendu.

— Là, ça m'étonnerait. Je crois plutôt que c'est toi qui risques d'en entendre une tartine. Mais pas une petite ronde comme un œuf sur le plat, non, tu en entendrais une belle baguette coupée en deux, mais dans le sens de la longueur.

— Tu veux savoir, Benjamin ? Je m'en fous complètement.

Et ils continuent leur cueillette, en cette fin de matinée qui court en grandes enjambées devant eux. Puis la conversation reprend, un peu plus loin, un peu plus tard, sur un ton un peu plus malicieux :

— Le chien, Benjamin, où c'est qu'on pourrait le prendre ? Vu qu'il ne va pas venir tout seul à L'Épervière, hop ! par l'opération du Saint-Esprit.

— Je n'en sais rien.

Tous les deux s'arrêtent un instant. L'un grattant le sol poussiéreux avec le bout de son bâton, l'autre scrutant le ciel, à la recherche de l'inspiration que pourrait, peut-être, lui envoyer l'Esprit saint ?

— On pourrait regarder les annonces du *Chasseur Français*.

— C'est une très bonne idée.

— Tu l'as, toi, Benjamin, le catalogue ?

— Non, je ne l'ai pas.

— Moi non plus.

Après une légère hésitation, Jérémy propose :

— On peut toujours aller l'acheter.

Benjamin ne répondant pas, Jérémy s'étonne :

— Tu peux te fendre de cent francs tout de même, ou tu as un oursin dans la poche que tu ne veux pas y enfiler la main ?

— Je n'ai pas à me fendre de quoi que ce soit. C'est toi qui le veux après tout, ce chien. Moi je ne t'ai rien demandé.

— Tout à l'heure tu étais d'accord pour m'accompagner, trouver le chien et *tutti quanti*. Alors il faut commencer par en payer un petit peu d'avance, si tu veux les manger par la suite, espèce de gros *rascouss*.

— Qui me dit que je rentrerai dans mes fonds ?

— Tu voudrais peut-être que je te fasse un certificat pour le versement de ta quote-part dans l'affaire. Tu voudrais peut-être une reconnaissance de dette, un acte de propriété ?

Mais l'autre l'interrompt :

— Ce ne serait pas une mauvaise idée. Ce chien, après tout, il serait acheté en indivision.

— Si tu le prends de cette façon, on ferait bien d'aller voir tout de suite Maître Gazel pour faire les papiers. Un bel acte de partage, avec le sceau marqué dessus et le timbre collé.

— *Peuchère*, il rigolerait !

Jérémy rit aussi, puis affirme :

— Après tout, qu'est-ce qu'il y aurait de si singulier que de vouloir faire les choses en règle ?

— Rien, à part que, si on veut l'équité, il faudra se décider de qui héritera de l'arrière-train ou du museau.

— Évidemment, cela risque d'être délicat. Surtout que pour ce qui est des truffes, Benjamin, la gueule a toujours été plus efficace que les fesses. Car vouloir sentir par le trou du derrière, ce n'est pas ordinaire.

— Remarque, il n'y a pas que pour les chiens, car chez nous autres, les humains, on n'a jamais vu non plus un cul renifleur.

— Et un nez péteur, collègue !

Sur quoi tous deux rient de bon cœur, en se tapant sur les cuisses, avant que Benjamin ne poursuive :

— Mais j'y pense, écoute bien. Si on décidait, plutôt qu'un chien, d'acheter une mouche.

— Ce serait moins encombrant et plus économique.

— Oui, et ça passerait beaucoup plus inaperçu aux yeux de nos Proserpine. Mais s'il faut qu'on se la partage, je vois d'ici le boulot, pour lui chercher le croupion, ou s'amuser à compter les pattes et les poils du museau !

Et ils repartent à s'esclaffer beaucoup plus fort, avant que Jérémy ne rajoute, entre deux éclats de rire :

— Au paradis des galéjades, on dit que la parole est d'or et le rire d'argent, alors je crois qu'on vient de gagner des millions !

— Et comme on en use tout le temps, on n'est pas près de mourir pauvres, collègue !

— Bè, c'est tant mieux pour l'héritier, ça le fera peut-être se dépêcher un peu, pour venir tout me dépenser !

Suit un long soupir de soulagement et de satisfaction des deux compères, puis Benjamin constate :

— Je commence à en avoir plein les bottes de courir depuis ce matin. Tu crois qu'il faut encore descendre jusqu'à Démourge ?

— On va chez Pistaroffle et on boit un coup. Ça nous remontera.

— On devrait au moins aller poser les paniers à La Bastide, que c'est juste à côté. On ne va pas les laisser sur les lieux du crime, pour se les faire chiper.

— Si tu préfères, allons-y cet après-midi.

— À La Bastide ?

— Non, chez Pistaroffle. Mais qu'est-ce qui t'arrive, Benjamin ? Il faut que je t'explique cinquante fois les choses. L'air marin ne t'a pas fait du bien. Je ne peux pas dire que ce soit le soleil, puisque chez eux, là-haut, les pauvres malheureux, il n'existe pas. Le Bon Dieu l'a vendu, à tous les coups, pour s'acheter des bottes en caoutchouc.

Benjamin se contente de hausser les épaules, mais son compère insiste avec amusement.

— Ou c'est peut-être toute cette pluie qui t'a ramolli la cervelle, et ta matière grise s'est décolorée. Elle est devenue aussi pâle que de la sauce *béchamelle*, et c'est en train de tout dégouliner : bloum, bloum, bloum.

Sur quoi il fait mine de *s'empastisser* les doigts de cervelle qui coulerait sur ses joues.

— Qu'est-ce que tu racontes ?

— Tu vois, tu ne comprends même plus mes plaisanteries. *Bè,* la prochaine fois, tu me feras le plaisir de rester chez toi. Moi je ne te laisse plus partir si c'est pour te faire défigurer par des *estrangers.*

Benjamin sourit, sans vraiment le prendre au sérieux.

Sur le chemin de La Bastide, ils continuent leur cueillette. Les dernières morilles bombant la tête hors du panier, pour certifier à tout le monde qu'ils en ont fait une belle provision. Puis Jérémy se baisse pour ramasser un magnifique champignon qui lui remplit le creux de la main. Il le montre à Benjamin, et celui-ci lui fait remarquer à son tour :

— Par sa forme et par sa couleur, on dirait une éponge du fond de la mer.

— Mon vieux, quelqu'un t'a joué un mauvais tour. On me l'aurait dit, je n'aurais pas voulu le croire. Mon pauvre Benjamin, va, ça ne va pas très bien, tu n'es pas dans ton assiette, *pavré* ?

Et il répète tristement :

— Mon pauvre Benjamin…

— Quoi, mon pauvre Benjamin ? J'ai le droit, sapristi, de trouver que cette morille ressemble à une éponge du fond de la mer, sans que tu me prennes aussitôt pour un *jobastre* ou un agonisant !

— Oh, mais ne t'énerve pas, mon brave, tu as tous les droits. Même ceux de trouver à la Provence des airs de ressemblance avec la lande bretonne si ça te fait plaisir. Seulement, moi, je trouve que l'océan ça ne te réussit pas. Ce n'est pas comme un verre de quinquina, parce que tu parles de la mer avec nostalgie, que tu t'emberlificotes dans la poésie, que tu parles avec regret, alors que la mer et l'océan, c'est du pareil au même et du semblable à l'identique.

— Pas du tout. Il y a une grande différence. D'abord, mon beau, elle est plus ou moins salée.

Mais Jérémy secoue la tête pour faire remarquer qu'il ne s'agit là que d'une peccadille, d'un rien, d'un pet de lapin. Aussi Benjamin continue, décidé :

— Et puis, mon vieux, celle-là au moins, elle change sans cesse. Un coup elle est là, et un coup elle n'y est plus.

Disant cela, il tape dans sa main pour la faire disparaître. Pourtant, il ne fait point illusion à Jérémy qui lui répond :

— C'est comme l'héritier alors. Tu crois qu'il va venir, tu l'attends de pied ferme, et hop, il te passe sous le nez, parce que tout le monde préfère jouer à *caché-tampon* !

Après un temps, après son idée fixe qui ne le quitte presque jamais, il revient toutefois à la discussion.

— Tu trouves que c'est rigolo, toi, de ne pas savoir sur quel pied danser avec elle ? Tiens, imagine que le matin tu partes à la mer avec les espadrilles, le panier, le moulinet dernier cri, les *esches* et le chapeau de feutre humide pour les mettre dedans. Enfin, tout le bataclan, puis, arrivé là-bas, qu'elle ait disparu de la circulation. Ce serait autre chose que de rentrer bredouille. Pour sûr, tu n'aurais pas l'air fin, planté devant du sable à perte de vue. Moi je n'aime pas jouer à cache-cache, surtout quand c'est moi qui plie.

— Cela a un certain charme, crois-moi.

— Du charme ? C'est qui, qui joue les couillons à lui courir après ?

— Pas moi, parce que je me serais renseigné avant, sur les heures de la marée.

— Et à quelle heure elle est, la marée ? Dis-le un peu, pour voir !

Benjamin secoue la tête, en disant :

— Mais qu'est-ce que ça peut bien te faire, puisqu'en Méditerranée il n'y en a pas ?

— Au moins je le saurais si jamais j'allais là-bas.

— Alors il faudrait que je compulse l'index que j'ai ramené.

— S'il faut, en plus, que tu te trimbales le calendrier des Postes dans la gabardine pour savoir quand est-ce que tu peux pêcher, tu parles que ça te donne envie d'y aller. Je préfère cent fois descendre pêcher le brochet au bord de l'étang. Là, au moins, je sais qu'il ne s'en ira pas avec la nouvelle lune et que le vieux Théodore sera prêt à me faire quelques farces, pour me donner le frisson.

— C'est pour ça que ça a un certain charme, je te le répète.

— *Vé*, si ça te plaît, moi, ça ne me dérange guère.

— Et oui ça me plaît.

— Eh *bè,* régale-toi ! De toute façon, tu pourrais m'inventer je ne sais quelle extravagance sur les charmes et les plaisirs océaniques, je ne suis pas près de changer d'avis. Tu veux que je te dise, Benjamin, ce n'est qu'une question de fidélité. Et moi, je suis fidèle, comme la Bonne Mère à son clocher. Malheureusement, tout le monde ne peut pas en dire autant.

Jérémy a fait de grands gestes avant de s'arrêter un instant plus tard, fatigué. Mais cela ne démonte pas Benjamin qui se plaît à demander :

— Je ne vois pas bien ce que vient faire la fidélité là-dedans.

— Elle vient faire que, dans mon cœur, il n'y a pas de place pour deux. Il n'y a de la place que pour la nôtre de mer. Et que je ne suis pas d'accord du tout pour y faire entrer, par la grande porte de ton amitié, un océan tapageur et lunatique que tu es allé chercher au bout du monde.

— La Bretagne, c'est en France. À l'autre bout, mais c'est en France. À t'entendre, on dirait que je suis parti en Nouvelle-Zélande. Tu exagères, Jérémy, et je n'ai pas l'intention d'oublier qui que ce soit et encore moins la Méditerranée, tu le sais. D'un autre côté, je ne peux pas nier non plus que j'ai été séduit par l'Atlantique.

— Tu vois, tu avoues que tu as été séduit.

— Bien sûr, et tu le serais aussi.

— Taratata !

— Bon, on ne va pas se disputer pour si peu. Je suis revenu, tu ne peux pas dire le contraire. Ça, c'est de la fidélité.

— Oui, mais reste à savoir si c'est bien pour la grande bleue que tu es rentré.

Benjamin lui retient alors le bras, et lui dit à voix basse, en se penchant vers lui :

— Tu le sais bien que c'est pour autre chose. Je suis rentré pour les morilles, pour que tu ne meures pas d'indigestion.

Et le poussant par l'épaule, il rajoute :

— Allez, *zou*, rentre. On va se débarrasser de ces terribles morillettes qui me scient le bras comme un fil à couper le beurre.

Et tous deux, sourire aux lèvres, pénètrent dans La Bastide avec leurs paniers débordants.

*
* *

— *Boudïou* ! Mais qu'est-ce que vous voulez que je fasse de tout ça ? Pauvre de nous, il y en a pour un régiment !

Benjamin et Jérémy ne répondent pas à Louisette et posent les deux paniers sur la table de la cuisine.

— Ma parole, Jamin, tu as perdu la tête.

— Ah, je suis content de voir qu'il n'y a pas que moi qui le dis.

Louisette ne relève pas la réflexion de Jérémy, trop préoccupée par la situation du moment.

— On ne pourra pas tout manger. Tu te rends compte ce qu'il y a ?

— Sinon, collègue, c'est toi, cette fois, qui vas faire l'indigestion, réplique-t-il en riant.

— Emportez-les à L'Épervière. Là-bas, vous êtes plus nombreux que chez nous.

— Pas tant que ça, Louisette, Irma est partie hier après-midi.

— Oh, alors vous devez être content.

— Je ne répondrai pas à vos insinuations, je vous aime trop pour ça.

Et celle-ci continue malgré tout :

— Maria se fera un plaisir de les faire sécher ou de les mettre en conserve. Soyez braves, débarrassez-m'en sans tarder.

— Attends, pour l'instant, on les laisse là. On t'en débarrassera plus tard. On a quelque chose de beaucoup plus sérieux à faire.

Elle les regarde, yeux froncés, rajoutant sur un air agacé :

— Vous êtes bien braves, mais j'ai besoin de ma table. Vous avez vu l'heure ? Avec vos histoires, vous me faites perdre tout mon temps. *Zou, boulégan,* Benjamin, dit-elle en faisant signe de se dépêcher un peu et de descendre les paniers.

— Elle te ferait presque marcher à la baguette, à ce que je vois.

— Avec les bonnes femmes, Jérémy, on a toujours l'impression d'être encore en culottes courtes.

— Ne te plains pas, toi au moins, tu n'en as qu'une. Pense un peu à moi qui dois m'en farcir deux et parfois trois. Et ce ne sont pas des demi-portions, tu peux me croire. Du coup, ce n'est pas en culottes courtes que je me retrouve, mais carrément en *slipe*.

— Ne vous plaignez pas, Jérémy, car je me suis laissé dire qu'heureusement qu'elles étaient là pour vous remettre de temps en temps dans le droit chemin, que ce soit tout nu ou habillé.

Louisette rit, les yeux pétillants de malice.

— Mais j'ai bien assez de mon ange gardien, du mien propre, de celui que m'a donné le Bon Dieu comme à tout le monde, sans avoir besoin d'une paire supplémentaire sur le paletot. D'autant qu'elles n'ont peut-être pas d'auréole lumineuse autour de la tête ni de petites ailes blanches dans le dos, mais je peux vous garantir qu'elles sont bien vivantes, en chair et en os, et que ce sont les majors de leur promotion. Et les majors de promotion chez ce genre d'anges gardiens, c'est pire que ceux de *politèquenique*, vous pouvez me croire, pas besoin de faire un dessin.

Pendant ce temps, Benjamin a sorti deux verres et pris la bouteille de vin rosé qui attendait couchée, plongée dans la *pile*, faisant une sieste fraîche dans l'eau glacée, ce qui lui a donné quelques gouttelettes de buée autour de l'étiquette, plein de petits baisers.

— Un petit rosé bien frais, c'est comme l'hydromel du paradis. Tant pis pour le péché, dirait l'oncle Jules, plaisante doucement Jérémy.

Louisette les regarde faire, sourit de leur complicité, puis finit par descendre toute seule les paniers par terre, et par les glisser sous la fenêtre, en leur demandant d'un ton décidé :

— Je peux savoir ce que vous manigancez tous les deux ?

— On va à Démourge.

— Chez Pistaroffle, je suppose. C'est certainement inscrit au programme des festivités.

— Vraiment, Louisette, on ne peut rien vous cacher.

— Alors vous aviez besoin de l'entamer tout de suite ?

— D'entamer quoi ?

— Le rosé. Vous croyez que je ne l'ai pas vu ? Qu'il est venu tout seul sur la table avec un vol de tonnelets ?

— On avait soif, avec ce qu'on vient de marcher. Mais on l'a juste goûté.

— Après, Benjamin, tu viendras te plaindre que tu ne supportes plus le vin, qu'il te donne des brûlures, qu'il te fait mal à l'estomac. Ce soir, je te préviens d'avance, je ne me lèverai pas pour te préparer ta poudre pour te soulager, pendant que tu te tordras de douleur dans ton lit. Ah non, n'y compte pas, tu te débrouilleras tout seul.

— D'abord, on ne va pas chez Pistaroffle pour boire.

— Ah bon ! Et qu'est-ce que tu vas lui commander lorsque tu seras installé devant son comptoir ? Une grenadine ?

— Non, *Le Chasseur Français*.

— Pauvre de moi ! Y a assez de fusils comme ça dans la maison. Tu ne vas pas en acheter un de plus, qu'on pourrait déjà tenir un siège pour de bon.

— Dans *Le Chasseur Français*, on ne vend pas que des armes de Saint-Étienne, tu sais.

— Oui, on y vend aussi des bicyclettes de Manufrance. Mais j'espère que ce n'est pas ça non plus que tu comptes acheter ? Rassure-moi.

Là, elle secoue la tête, tandis que les deux compères commencent à sourire.

— Si tu ne veux pas en parler, c'est que cela doit être une belle bêtise.

— C'est une bêtise, Jérémy ? Dis-lui, toi.

— Eh non, Louisette, ce n'est pas une bêtise.

Et pour la rassurer tout à fait, il termine d'un air très sérieux :

— Je peux même vous dire que c'est une belle surprise.

— *Moùn Dïou* ! Si c'est une surprise, c'est que c'est pire ! Qu'est-ce qu'ils sont encore en train de nous inventer ?

Cela dit, elle lève les yeux au ciel, cherchant un réconfort.

— Ne te tracasse pas, tu verras, ce n'est rien de grave.

— *Bè,* j'espère bien !

Pour le coup, elle commence à s'inquiéter sérieusement. Aussi Jérémy essaie de la rassurer.

— De toute façon, Louisette, moi je peux bien vous le dire, ce n'est pas Benjamin qui le gardera. Ainsi, vous ne serez pas dérangée. Vous pouvez dormir tranquille.

— Mais vous avez fini de parler par énigmes. Vous me l'expliquez ce que vous avez combiné comme des conspirateurs malhonnêtes.

— On a l'intention, enfin on va commander, plutôt on va acheter un chien.

— Pour quoi faire ?

— Justement, c'est pour vous faire la surprise.

Elle se tait, impuissante, pour se tourner vers la table où elle commence à éplucher des côtes de blettes qui giclent de partout lorsqu'elle les coupe, tant elles sont fraîches et bien croquantes, alors que Benjamin fait signe à Jérémy de laisser tomber la polémique, pour pouvoir s'en aller.

À peine pensent-ils que l'histoire est réglée une bonne fois pour toutes, que Louisette se tourne vers eux et recommence à questionner :

— Qu'est-ce que vous voulez aller chasser puisqu'il n'y a plus de gibier ? Vous croyez que parce que vous aurez un chien de chasse, jeune et fringant, cela fera ressusciter les lapins de la garrigue ? Malheureusement, ils ne s'appellent pas tous Lazare.

Jérémy et Benjamin rient volontiers en entendant cette réflexion.

— Qu'est-ce qu'il y a de si drôle ? Qu'est-ce que j'ai dit ?

Devant leur silence, voyant leurs mines réjouies, elle questionne :

— Ce n'est peut-être pas vrai qu'il n'y a plus de quoi chasser ? Et ce n'est pas un chien de chasse que vous allez acheter ?

— Pas tout à fait.

— Ah, je le savais que c'était une bêtise à dormir debout. Une bêtise plus grosse que vous, et tous les deux réunis.

Levant les yeux, elle les regarde pour leur rappeler :

— Chaque fois, il faut que vous alliez chercher midi à quatorze heures. Et quand ce n'est pas l'un, c'est l'autre. Mais lorsque vous vous y mettez tous les deux, c'est plus dangereux que le lait sur le feu, qui verse, éteint le gaz et fait tout exploser. C'est une catastrophe nationale, à en parler sur les Champs-Élysées !

Enfin, après un arrêt pour laver vivement ses blettes dans l'évier, de quoi s'asperger le tablier, elle interroge :

— On peut savoir à quoi il va vous servir, cet animal ?

— On avait dit qu'on ne te le dirait pas.

— Gardez-vous-le, dites rien à personne, comme vous voudrez. Mais je serais étonnée qu'Émilie, Irma ou Maria ne vous posent pas plus de questions que moi. Et là, faudra bien que vous trouviez une bonne excuse.

— On n'a pas d'excuse à donner, et si Émilie et Irma ne sont pas contentes, ce sera pareil. Quant à Maria… Coquin de sort !

Jérémy est tenté de dire tout le reste de ses pensées, mais il préfère souffler, en remuant la tête. Par contre, personne ne sait ce que cela veut dire.

— Vous me tiendrez au courant, n'est-ce pas, Jérémy ? Je suis sûre qu'il y aura de quoi faire une bonne partie de plaisir.

Vexé, il lui répond :

— Puisque c'est ainsi, je ne risque pas de vous en donner.

— Qu'importe, car ce n'est certainement pas le Messie.

— Vous dites cela parce que vous ne savez pas ce que c'est. Mais attendez qu'elles soient sur la table. Quand vous les aurez vues, quand vous les aurez senties, vous ferez entendre des lamentations longues comme mon bras ; vous pleurerez des larmes plus grosses que mon pouce, et vous vous traînerez à mes basques, tandis que je resterai inflexible. Car moi, Louisette, je n'ai pas la mémoire courte. Vous n'aurez pas une miette, ma belle, *nada*, des clous !

Louisette se contente de rire de bon cœur, après cette tirade de tragédie où Jérémy a joué son rôle très sérieusement, plissant les sourcils et prenant la grosse voix déterminée. Ce qui fait intervenir Benjamin qui voudrait, lui, voir la fin de leurs chamailleries :

— T'inquiète, ma Louise, je te ferai goûter un peu des miennes.

— Pour cela, il faudrait d'abord que je t'en donne, espèce de faux jeton ! Elle n'aura rien, j'ai dit, *trahisseur* de confiance. Et si ça continue, je me garde tout : l'idée, le chien et les truffes par-dessus le marché.

— Les truffes ! Quelles truffes, Jérémy ?

— VOILA ! Tu es content, Benjamin ? Maintenant elle est au courant de toute l'histoire, tu es content !

— Mais je n'ai rien dit, collègue, c'est toi qui viens de vendre la mèche.

— Parce que tu m'y as poussé.

— Allons, allons, ne criez pas comme des perdus, que vous me percez les oreilles. Et ça ne sert à rien puisque je ne porte pas de pendants, les interrompt Louisette en continuant à rire.

Ce qui fait arrêter illico les deux compères, tous deux mécontents.

— C'est pour trouver des truffes que vous comptez acheter un chien ? demande Louisette.

— Non, c'est pour nous tenir compagnie, répond Jérémy, tout en continuant de fixer Benjamin avec des yeux en colère.

Aussi, Louisette constate :

— L'âge n'arrange jamais les choses. Ça vous abîme la figure sans vous demander la permission, mais chez certains, en prime, ça leur transforme le caractère… Que Dieu soit béni !

— Quand on me cherche, on me trouve. Après cinquante ans de pratique, vous devriez le savoir, ne faites pas l'étonnée.

— Mais vous aussi cela fait cinquante ans que vous me pratiquez, alors mes explications ne pourront pas changer la situation.

— Bon, c'est ça, vous êtes d'accord tous les deux au moins sur une chose : cela fait cinquante ans que vous vous connaissez. Alors je crois qu'il n'y a rien d'autre à rajouter. On va à Démourge, ou on continue ces échanges de balles qui vont finir par en faire tomber un sur le carreau ?

— On y va tout de suite, ou je sens que je vais m'énerver.

— Parce que vous ne l'étiez pas ?

— Un jour, Louisette, je vous montrerai pour de bon, mais alors là, gare !

— C'est cela, vous me préviendrez, n'est-ce pas ?

— Oui, et moi je compterai les points. Bon, Jérémy, prends un peu de souci, que si ça continue ce n'est plus la peine d'y aller.

— C'est ça, filez vite. Et toi, Benjamin, laisse donc le vin blanc aux collègues. Prends plutôt un vichy fraise. Tu entends ? Prends un vichy fraise.

— *Vouèille*, un vichy fraise.

Sur quoi ils referment la porte, tandis que Louisette soupire longuement en souriant, tout en commençant de cuisiner le repas de midi, et par là d'embaumer sa cuisine d'une forte odeur de roussi.

*
* *

Le café du village est le lieu le plus important, hormis l'église et la mairie qui sont ses monuments et où se déroulent tous les événements. Mais par rapport à ces derniers, c'est certainement l'endroit le plus fréquenté. D'ailleurs, ils se tiennent tous sur la même place. À croire qu'il s'agit de la meilleure pour se faire remarquer.

Le café de Pistaroffle est un lieu de rencontre et de convivialité, que l'on ne peut éviter. C'est surtout là que fleurissent les conversations. Sa devanture en bois, avec un petit toit, une courte avancée, est peinte en bleu : un clair et un foncé, donnant un relief particulier aux moulures qui courent sur le côté. Deux gros platanes centenaires abritent quelques tables rondes ou rectangulaires, toutes en marbre gris. Par les hautes vitres et la porte ouverte, on peut apercevoir, à l'intérieur, un long comptoir, ainsi qu'une desserte aux nombreux tiroirs. Tous deux sont placés devant une belle glace, où se reflètent le percolateur, les bouteilles étiquetées de toutes les couleurs, les verres et les tasses, pendus, posés ou empilés. Les cuivres jaunes, bien astiqués, brillent de mille éclats, et le bois ciré fait ressortir ses veines sombres comme des fibres d'alpaga.

Mais voilà Pistaroffle qui vient accueillir ses visiteurs.

— Alors, les jeunes, qu'est-ce que vous prendrez ?

— Donne toujours un vichy fraise à Benjamin, après on verra.

Et ce dernier le regardant de travers, Jérémy rajoute :

— Quoi ? Je ne fais que suivre les ordres de ton général de première classe qui les a répétés au moins dix fois.

— De quoi je me mêle ? Si je te commandais une menthe à l'eau, qu'est-ce que tu dirais ?

— Je dirais que je n'ai pas mal à l'estomac, moi.

— Moi non plus. Pistaroffle, donne-moi une mauresque bien fraîche.

Benjamin s'installe dehors, sur une chaise en bois, celle habituelle, devant l'une des petites tables rondes que l'aubergiste vient juste d'essuyer d'un coup de torchon énergique.

Tout en s'asseyant sur la chaise en face, Jérémy renchérit :

— J'en connais une qui ne serait peut-être pas très contente, si elle te voyait.

— Je ne me suis pas installé au comptoir, que je sache.

— Non, mais ce n'est pas un vichy fraise non plus que tu as commandé. Ou alors j'ai mal entendu. Maintenant, si tu préfères, je peux te commander quinze pastis.

— Tu veux ma mort !

— Non, je veux simplement t'en enlever l'envie.

— Ne parle pas de malheur. Mon estomac n'y résisterait pas une minute : entre l'appréhension d'abord et l'alcool ensuite, je n'aurais pas fini d'être patraque, et je serais bon pour une sérénade bien gratinée toute la nuit.

— Je me demande ce qui serait le plus pénible, vois-tu : la sérénade de ton estomac ou celle que te ferait entendre Louisette ?

Mais Pistaroffle, qui est parti derrière son comptoir pour servir la commande de Benjamin, les interrompt :

— Qu'est-ce que tu prends, Jérémy ? Tu ne me l'as pas dit.

— Donne-moi un vichy fraise, puisqu'il paraît que c'est ce qui convient le mieux à notre estomac, vu notre âge.

Toutefois, comme il reste très sérieux, Pistaroffle le regarde, étonné, en répétant :

— Tu veux vraiment un vichy fraise ? Tu rigoles !

— Et oui je rigole, c'est pour te faire marcher, te dégourdir un peu les jambes, que tu es toujours debout, à te donner les jambes arquées. Est-ce que j'ai une tête à boire un vichy fraise ? Pistaroffle, sers-moi donc un *Casa* bien tassé.

Tout le monde rit dans le petit café, car c'est l'heure de l'apéritif, et quelques habitués sont installés au comptoir, tandis que d'autres dehors sont tout à côté. Mais les anciens interrompent la conversation afin de déguster leur verre. Un gros plaisir réconfortant. D'ailleurs, ils n'ont plus aucune envie de parler, et encore moins celle d'amuser la galerie. Pour eux, la conversation doit venir naturellement, sans coquetterie, même s'ils sont les rois de la galéjade. En bref, ils ne sont pas là pour faire du cinéma. Alors, coupez ! Et le clap claque à la fin de la scène qui vient de se tourner, où jouait peut-être Danielle Darrieux ou Michèle Morgan, à moins que ce ne soit Raimu ou Pierre Fresnay, ce qui serait plus ressemblant, quand on voit le décor planté, comme les personnages qui sont en train d'être filmés.

Pistaroffle les rejoint, le torchon sur l'épaule, son verre à la main, et s'assoit avec eux. Aussitôt, la discussion reprend, mais cette fois sur un autre sujet, vraiment hors du champ jusque-là cadré :

— Alors, Jérémy, *lou caganis*, c'est pour quand ?

— Oh, mon pauvre, je n'ose même plus en parler, parce que personne ne me répond. Aussi je fais comme Charles : j'attends. Mais c'est long, et je me morfonds.

Benjamin, en riant, rajoute pour se moquer :

— Il ronge son os, mais bientôt il arrive au bout. Alors qu'est-ce que je fais ? Je lui en donne un autre ou je lui tords le cou ?

Mais Jérémy préfère changer de conversation :

— Tu as *Le Chasseur Français*, Pistaroffle ?

— Ah, je ne crois pas qu'ils y vendent des *pitchoùns garis*. Remarque, tu trouveras peut-être des choux ou des roses, en guise de pochettes-surprises.

Jérémy se contente de sourire et Pistaroffle qui a pitié demande :

— Lequel tu veux ?

— Je veux *Le Chasseur Français*. Il n'y en a pas cinquante. Il n'y en a qu'un.

— Oui, mais celui du mois dernier ou celui de ce mois-ci ?

— N'importe, pourvu que j'en aie un.

— De toute façon, je n'en ai plus. Qu'est-ce que tu veux ? Je n'en fais pas des stocks énormes, je ne les vendrais pas, et après ils me resteraient sur le *coco*. J'en ai deux ou trois, c'est suffisant. D'ailleurs, toi, tu ne le prends jamais.

— Parce que d'habitude je n'en ai pas besoin. Mais il se trouve qu'aujourd'hui j'ai envie de le regarder, c'est mon droit.

— Peut-être, mais fallait le dire avant.

— Donc, si un jour je veux un verre de *Ricard* pour changer, tu ne me le serviras pas, parce que je prends un *Casa* d'habitude ?

— Ce n'est pas la même chose, ne mélange pas tout.

Pendant ce temps, presque indifférent à la discussion qui anime ses amis, Benjamin, avec grande satisfaction, sans le regard réprobateur de Louisette, en profite pour se rouler une cigarette. Inattentif, Jérémy boit avec plaisir une longue gorgée de pastis, avant de poursuivre :

— Mon pauvre Pistaroffle, c'est la faillite. Mais quand est-ce que tu en auras un pour de bon ?

— Pas avant la fin du mois. À condition que tu me le commandes.

— La fin du mois ?

— Eh oui, ils ne vont pas en sortir un spécial pour M. Fonteclaire, Jérémy de son prénom. Mais qu'est-ce que tu voulais en faire ? Parce que si c'est pour acheter un fusil, je sais qu'il y a Galvin qui vend le sien. Il est tout neuf, mais il le trouve trop lourd. C'est que, Galvin, il ne lui en faut guère pour avoir mal aux bras avec ses muscles en bifteck haché. C'est bon pour lui casser les reins un truc pareil, et le laisser paralysé.

— Qui te parle d'un fusil ? Mais on ne nous voit plus qu'en chasseurs, comme si on n'avait pas la tête à faire un peu autre chose. Je ne souhaite pas acheter un fusil parce que j'ai le mien et qu'il me suffit, surtout pour ce que j'en fais maintenant.

La conversation s'arrête là, sans explications supplémentaires. Aussi Pistaroffle souligne-t-il, un peu contrarié :

— Bon, je vois que tu n'es pas décidé à me confier ce que tu envisages d'acheter, alors garde-toi-le, et qu'il te pèse bien lourd sur la conscience, pour avoir trahi notre amitié. Seulement, moi, j'en avais un de *Chasseur Français*.

— Tu viens de dire que tu n'en avais plus, faudrait savoir ce que tu racontes.

— Je n'en ai plus, c'est vrai. Mais celui-là, c'est le mien propre. C'est MON *Chasseur Français* à MOI, personnel, que j'ai payé avec mes sous, de ma poche. J'aurais pu, peut-être, je dis bien peut-être, j'aurais pu te le prêter si tu en avais eu envie. Mais là, tant pis.

Du coup, Jérémy reste bien embêté, et Benjamin vient sans tarder à sa rescousse en sortant de son mutisme, tout en tirant quelques longues bouffées de sa cigarette :

— Ils font les petites annonces sur *Le Chasseur Français* ?

— S'ils les font ? Sur celui que je te dis, il y en avait une tartine monumentale, et pas de n'importe lesquelles, des plus intéressantes, je peux te le garantir. Enfin, tout dépend de ce que tu cherches. Si tu veux en passer une ou y trouver ton bonheur.

— Je voudrais simplement les regarder.

— Parce que toi aussi tu veux *Le Chasseur Français* si je comprends bien. Mais je n'en ai pas une kyrielle. Ce n'est pas moi qui les fabrique. J'en ai qu'un.

— Un fera l'affaire pour tous les deux.

— Mais tu ne me diras pas, toi non plus, ce que vous voulez en faire, à moi qui suis ton collègue.

— Justement, ce serait bon pour se fâcher.

Mais Jérémy les interrompt pour demander :

— Il en a ramassé cette année, Ferrier ? Parce que lui, au moins, il ne se déplace pas pour trois sanguins ou deux morilles, il y va pour des truffes.

— Où veux-tu qu'il en ramasse ? Il n'y en a pas ici.

— Eh si, y en a. Du moins, certains savent où les trouver.

Mais Pistroffle reste étonné :

— C'est la première fois que j'en entends parler. C'est vrai ?

— Oh, c'est un bruit qui court comme un furet, mais je ne l'ai jamais arrêté au passage pour lui demander son pedigree ! explique Benjamin, sans rien rajouter.

Pistaroffle, qui essaie de comprendre, fait une tentative en disant :

— Vous pouvez attendre l'année prochaine pour trouver ce que vous cherchez. Après tout, à votre âge, vous n'êtes pas pressés.

Mais Jérémy lui répond :

— L'année prochaine, tu peux tout aussi bien aller les cueillir au vallon des pierres plates, et là elles n'auront plus le même goût. Aussi, tu m'excuseras, mais je préfère ne pas renvoyer à *l'an qué vin* ce que je peux faire tout de suite.

Puis se tournant vers Benjamin :

— Alors, on l'achète ou on ne l'achète pas ?

— Quoi ? *Le Chasseur Français* ?

— Non, le reste.

— Qu'est-ce que tu veux que je te dise ? Va pour la dépense s'il n'y a pas moyen de faire autrement.

Pistaroffle intervient encore, mais avec prudence cette fois.

— Achetez-le toujours, puis vous pourrez le revendre s'il ne vous convient pas.

— Le revendre ? Tu n'y penses pas, malheureux ! Tu ne crois pas que je vais le garder chez moi pour le vendre à n'importe qui ensuite, pour qu'il soit maltraité ou enfermé dans un appartement, lui qui aura été habitué au grand air…

— Mais de quoi vous parlez, à la fin, tous les deux ?

— Du chien, *pardine* !

— Quel chien ?

— Explique-lui, Benjamin. Moi, à force de changer d'idée, ça me rend malade. C'est vrai, on aura l'air de quoi, maintenant, si on ne l'achète pas ?

Tandis que Pistaroffle attend avec impatience les explications que doit lui donner Benjamin, celui-ci préfère répondre à Jérémy :

— On aura l'air de rien du tout, puisque personne n'est au courant.

— C'est vrai, moi je ne le suis toujours pas, précise Pistaroffle.

Mais Jérémy, regardant son complice, reprend en l'ignorant toujours :

— Louisette le sait, et déjà qu'elle n'était pas d'accord, à présent, elle va croire que c'est pour lui faire plaisir qu'on a changé d'avis.

— Et cela te déplairait tellement de lui faire plaisir ?

— Non, mais quand on commence avec une, il n'y a pas de raison qu'on ne continue pas avec les autres. Alors tu vois ce qu'on risque, je ne te fais pas une esquisse. Parce que, entre bonnes femmes, elles sont fortes.

— Et qu'est-ce que tu proposes ?

— D'en trouver.

— Il ne suffit pas de vouloir, il faudrait avant tout qu'il y en ait, et qu'on sache où.

Pistaroffle renonce à obtenir de l'un ou de l'autre une quelconque explication sur l'affaire, mais commence, malgré tout, à saisir la question. Aussi propose-t-il :

— Avec ton gendre qui travaille aux Eaux et Forêts, Benjamin, tu ne pourrais pas le savoir ?

— VOILA ! Il faut que ce soit quelqu'un qui n'est pas dans la combine qui vienne te donner les idées !

— Oh, moi, je ne demande pas mieux que d'y entrer dans votre combine.

— Et quand est-ce que tu viendrais avec nous pour les ramasser ? Le soir après souper, avec la lanterne pour t'éclairer ?

— Je vous laisserais faire, par amitié. Je ne voudrais pas vous gâcher le plaisir.

— Pardi, toi, tu n'es d'accord que pour les manger peut-être ! Sûr que la table est moins basse que la terre.

— Je veux bien participer à l'achat du chien.

— A trois dessus, je ne sais pas si ce sera bien rentable.

— Tu sais, Jérémy, au prix de la truffe, je pense qu'on pourrait s'en sortir.

Et Pistaroffle, qui vient de tout apprendre et de tout comprendre, précise avec plaisir et un sourire qui en dit long :

— C'est vrai, Benjamin a raison. Il paraît que, l'année dernière, elles dépassaient cinquante mille francs sur le marché de Riez.

— Cinquante mille francs ! s'écrient ensemble les deux vieux qui n'en reviennent pas.

— Fichtre, moi je l'achète tout de suite !

— Et tu sais combien ça coûte, un chien pareil, Jérémy ? Tu peux en vendre quelques kilos.

— Tu rigoles !

— Et non je ne rigole pas, c'est marqué sur *Le Chasseur Français*.

— Dites, je ne suis pas la banque de *Rochilde*. Vous croyez que je les fais pousser comme les haricots ? Que je fabrique les billets de banque ? Je n'ai pas une rotative électrique qui tourne nuit et jour dans la cave de L'Épervière.

— Je te dis ce qui est, c’est tout.

— Pour l’instant, moi je crois qu’il serait préférable de se renseigner auprès de Robert. Savoir s’il y a des truffes dans le coin. Après, on se lancera dans les dépenses.

— Tu as raison, Jérémy.

Il n’y a que Benjamin qui ne parle plus. Aussi son ami lui demande :

— Il vient quand, ton Robert Guénolé ?

— Je ne sais pas. Pour Noël, c’est sûr. Mais pour le reste, ils nous font chaque fois la surprise.

— À Noël, ce sera terminé.

Jérémy prend l’air catastrophé, se tordant sur sa chaise, tandis que Pistaroffle lui fait signe de parler doucement. Aussi se penche-t-il vers ses complices, pour confirmer à voix basse :

— Ce sera fini, moi je vous le dis.

— C’est pour ça que tout à l’heure je parlais de l’année prochaine.

Jérémy se recale dans sa chaise et dans son mutisme. Mais Pistaroffle reprend :

— Si tu lui téléphonais ?

— C’est vrai, Benjamin, tu devrais lui téléphoner, rajoute Jérémy.

— Où voulez-vous que je l’appelle ?

— À son bureau, au moins là il aura tous les plans sous les yeux, toutes les directives, on pourra être renseignés tout de suite. Faute de quoi, c’est bon pour attendre des mois, et les truffes, pschitt ! Elles nous passeront sous le nez.

— Lui téléphoner ? Vous en avez de bonnes.

— Ce n’est pas sorcier. Tu prends le combiné, tu mets le doigt dans le rond, tu…

— Je le sais, mais je te verrais, tiens, aller téléphoner à Émilie pour lui demander si elle connaît des coins à truffes dans la région.

— Ne mélange pas tout, ce n'est pas son métier à Émilie. Et puis s'il le fallait, si les collègues me le demandaient, bien sûr que je lui téléphonerais. J'irais même la trouver sur-le-champ, et pour cela je prendrais le tram ou la bicyclette.

— Tu ne sais pas en faire.

— J'apprendrais pour l'occasion. Alors, tu téléphones ?

— Oh, bonne mère ! Vous l'avez vu jouer, Pénible ?

— Si tu veux, Béranger, je te paye la communication. Ce sera ma première participation dans l'affaire. Mais il ne faut pas que tu lui racontes ta vie, faudra être raisonnable sur la parlotte, dire juste l'essentiel.

— Tu vois, tout le monde y met du sien. Pisto te paye la communication, tu ne vas pas te défiler ?

— Bon, où tu le caches, ce téléphone de malheur ?

Mais tout en se levant, il souffle tout bas :

— Qu'est-ce que je vais bien pouvoir lui raconter, à Robert ?

— On va aller dans la cuisine. Là, au moins, nous pourrons parler sans témoin.

Tous deux se dirigent vers le fond du café, poussent une petite porte vitrée et entrent dans l'arrière-boutique d'où s'échappe une alléchante odeur de daube mijotée. Jérémy, resté à la table, finit de boire son verre d'un seul trait, avant de le reposer avec bruit pour montrer sa satisfaction.

Au bout d'un moment, pendant lequel il a *blagotté* avec l'un et en a ignoré d'autres – il a ses têtes et ne fait pas semblant –, Benjamin et Pistaroffle reviennent. Sans attendre, il leur demande, inquiet :

— Alors, qu'est-ce qu'il a dit ?

— Y en a, c'est vrai.

Jérémy se frotte les mains, pendant que Benjamin, au contraire, prend un air catastrophé et précise :

— Attends que je t'explique. Parce que ce que je vais vous dire va vous donner un sacré coup sur le moral. Un bon coup de bambou !

— Qu'est-ce qui se passe, malheureux ? Tu me fais peur, s'étonne Pistaroffle.

— Il se passe que tous ces gens de la machinerie administrative, tous ces gribouilleurs de papier timbré de la capitale, ont ordonné d'entreprendre un débroussaillage gigantesque dans toute la colline provençale. Ça va débuter ces jours-ci, sans nous laisser le temps de nous retourner. Alors tu m'as compris que j'ai l'air sinistre.

— Qu'est-ce qui leur prend à ces ostrogots de têtes de veau ? Ils ne manquent pas de culot ! Quoique, pour m'en rendre compte, je n'aie pas attendu les débroussaillages. Ni pour dire que c'était des étrangers sans vergogne. Ils se conduisent comme des saligauds. Des saligauds de tête de veau !

Pour dire cela, il a pris une voix dramatique, tout en faisant de grands gestes. Mais Benjamin poursuit :

— Robert m'a expliqué qu'aux Eaux et Forêts ils en ont assez de rester impuissants devant les feux que nous avons chaque été. Aussi, ils essayent de trouver un remède.

— Tu parles d'un remède ! Au lieu de te soigner, il te tue. Au moins, c'est une solution radicale ; après, on n'en parle plus, soupire Jérémy.

— Peut-être que de cette façon ce sera plus facile pour pénétrer dans la garrigue ; les flammes ayant moins à manger, elles avanceront moins vite. Ce sera ça d'économisé, le console Pistaroffle.

— Ah, pour de l'économie, c'est de l'économie. On sera pauvre comme Job. Et si tu sais quelques prières, c'est le moment de te les remémorer pour de bon, ou bien ce sera un désastre. Quant à nos truffes, les pauvrettes, elles vont disparaître avant même d'avoir été repérées dans le paysage ! Si c'est pas malheureux ! C'est bien notre chance.

Cette dernière réflexion de Jérémy provoque un court silence, puis Pistaroffle commente encore :

— Si c'est pour nous prévenir du malheur, c'est moindre mal.

— Tu crois que ce qu'ils vont faire à notre colline demain, ce n'est pas du malheur ? Tu sais ce que c'est qu'un débroussaillage dans les grandes largeurs ? Tu en as vu un, toi, de débroussaillage ? C'est autre chose qu'un malheur, c'est… c'est…

Jérémy est très en colère et cherche ses mots. Mais c'est Benjamin qui va trancher pour le calmer.

— C'est une catastrophe.

— Voilà, Pistaroffle, Benjamin vient de le dire, c'est une CATASTROPHE. Sûr qu'on va plus volontiers de la faucille que de la pompe à incendie. Tu comprends, c'est moins lourd à tenir, alors c'est moins fatigant. Mais si l'agonie est plus lente, le résultat n'est pas meilleur. C'est le même sort qui se trouve au bout : la mort.

— Allons, allons, ne soyez pas si pessimistes. Elles poussent dans la terre, les truffes, ce n'est pas comme les autres champignons. On ne les ramassera que cet hiver, quand les feux et les débroussaillages seront terminés, conclut, optimiste, Pistaroffle.

— Robert a été catégorique. Tu ne vas pas lui apprendre son métier, non ! rétorque avec brusquerie Benjamin, tandis que Jérémy devient de plus en plus catastrophé.

— Pauvre de nous, mais s'ils nous *escagassent* tout, il n'y aura plus de morilles non plus. Qu'est-ce qu'il nous restera ?

— Que les yeux pour pleurer.

— Il vaut mieux que l'héritier ne le voie pas, car j'aurais honte de ne rien lui laisser. Heureusement qu'on a fait une belle provision de morilles ce matin, sans quoi, elles nous passaient elles aussi sous le nez. Alors, vous voulez que je vous dise, moi j'y retourne cet après-midi.

— Qu'est-ce que tu comptes en faire ? Les momifier ?

— Non, me les manger.

— C'est un bon moyen pour te faire passer de l'autre côté, c'est toi qui le disais.

— Au moins, ce sera un suicide intelligent.

— Intelligent pour qui ?

— Pour mon palais, pour mon estomac, pour mon petit gésier. Pour ma gourmandise, Benjamin, pour ma gourmandise préférée.

— Tu parles d'un résultat, je n'ai jamais entendu dire qu'un suicide cela pouvait être intelligent.

— Au moins, tu ne pourras plus le dire. On saura que j'en avais assez de voir *escagasser* mon paysage et que j'ai voulu partir sur une bonne impression.

— Il vaut mieux que tu nous le dises à l'avance, sans quoi, je ne suis pas sûr que tout le monde comprenne tes intentions. On pourra toujours donner quelques explications supplémentaires. Mais tu devrais te laisser griller dans le feu des collines, ce serait beaucoup plus explicite.

— Peut-être, mais ce serait moins agréable pour moi, mon coco.

— Je trouve tout de même que c'est en arriver un peu loin pour quelques hectares qui ne t'appartiennent pas, rectifie Pistaroffle.

— Si, ils m'appartiennent.

— Je croyais que L'Épervière s'arrêtait au Pignadon ? Le reste est à la commune, tu le sais comme moi.

— Pistaroffle, si c'est à la commune, c'est que c'est à tout le monde. Donc c'est à moi. Et celui qui touche un caillou, ou bien la plus petite brindille de farigoule, il vole dans ma propriété. C'est une question de fibre sentimentale.

— De toute façon, mon brave, ta fibre sentimentale, c'est peu de chose. Demain, les sécateurs vont fleurir la campagne pour égrener les romarins, plus vite que les merles noirs. Et ils couperont sans différence, le fil barbelé rouillé et les queues des asperges sauvages qui poussent au pied des branches d'asparagus. La colline va ressembler à une brebis qu'on vient de tondre. À un prisonnier des Beaumettes.

— Et les arbres, Benjamin, ils vont ressembler à des vers de terre, des *stocofiches,* oui, des harengs saurs, grelottants de froid ainsi déplumés. Les jours de mistral, ils vont tous aller toucher la tête par terre, pour se l'enfariner en vieux clowns blancs, pour plus qu'on les reconnaisse. Ça va être beau, tous à l'horizontale : des arbres en forme de drapeaux. Quelle carte postale !

— Ceux qui votent les lois n'y comprennent rien puisqu'ils ne sont pas sur le terrain.

— Pistaroffle, ce sont surtout des mangeurs de papiers timbrés. Et quand ils ont une petite fringale, ils font beaucoup de genre.

— Tu veux dire que c'est à ce moment-là qu'ils font leurs plus belles *cagades* !

Tous les trois secouent la tête, approuvant la conclusion brutale de Jérémy. Puis celui-ci poursuit :

— Comme si on n'avait pas assez des autostrades ! Qu'ils demandent un peu à Amédée ce qu'il en pense. Sans parler des constructions nouvelles qu'ils ont montées dans le vallon, et qui bouffent toute la plaine de Mossand qu'on la reconnaît plus sans ses melons. Des melons de première : dorés, fendus, au goût de miel. Tellement doux qu'on les appelait les *sucrés*, les pauvres malheureux. Des sacrifiés. À présent, ceux qu'on trouve sur le marché sont aussi bons que des courges. Aussi courges que ceux qui les font pousser !

Après quoi, ils restent silencieux tous les trois, tandis que les clients se sont tournés vers eux, Jérémy ayant tapé sur la table, faisant sursauter tout le monde, Benjamin et Pistaroffle en premier. Ce dernier, déçu lui aussi, reprend la parole :

— Je vais tout de même le chercher, *Le Chasseur Français* ?

— Qu'est-ce que tu veux qu'on en fasse ? Des cocottes en papier ?

— Ah, ne ronchonne pas, Jérémy, nous n'y sommes pour rien.

— De toute façon, Pistaroffle, dans peu de temps, il ne servira plus à personne, ton *Chasseur Français*, et pas uniquement pour les petites annonces de chiens truffiers. Avec leurs histoires, le gibier va disparaître, se volatiliser. Pauvres bestioles, elles n'auront plus rien à grignoter, à moins qu'elles ne prennent le cou d'une girafe ou des pattes de kangourou, elles vont être obligées de faire ceinture. Et le régime, ça n'a jamais fait de bien à personne, surtout quand on est habitué à faire bombance à longueur de journée. Par là, on n'aura plus besoin de fusil non plus, et *Le Chasseur Français*, il n'aura plus qu'à fermer boutique. Au moins, Pistaroffle, il ne t'en restera plus sur le *coco*, termine Benjamin.

— Mais à cette allure, moi aussi je n'aurai plus qu'à fermer boutique…

— Pas sûr, car des gosiers secs, t'inquiète, y en aura toujours. Il faudra bien qu'on se console avec quelque chose. Alors, rassure-toi, ce n'est pas demain la veille que tu vas jeter le torchon.

— *Bè*, heureusement ! Mais en attendant, y a tout qui part en *biberine*.

Sur ces paroles, les cloches de l'église se mettent à sonner, et d'un commun accord, sans se regarder, Benjamin et Jérémy se lèvent, puis serrent la main de Pistaroffle sans dire un mot.

Ce dernier les regarde s'éloigner un instant, puis, en gestes automatiques, parce que, après tout, la vie continue, il débarrasse la table des trois verres vides, pour entrer ensuite dans le café, en faisant cliquer les perles en bois du rideau de la porte, qui semble, ce matin, sonner le glas.

*
* *

Passées les dernières maisons du village, Benjamin se met à siffloter. Jérémy, mal remis de ses émotions, s'en offusque.

— Alors toi, tu rigoles ?

— Oui, ça me fait rire. Qu'est-ce que tu veux que j'y fasse ? Je ne vais pas pleurer pour te faire plaisir.

— Tu pourrais au moins avoir un peu de respect. Je viens tout juste de veiller un mort.

Jérémy s'arrête de parler, bouleversé. Mais le silence ne dure pas longtemps, car il s'inquiète.

— C'est un assassinat, tu ne peux pas dire le contraire, Benjamin, puisqu'ils vont tout nous trucider. C'est pire que si on me supprimait M. le maire et M. le curé.

— Toi, au moins, tu n'y vas pas de main morte. Tu sacrifies en même temps l'église et la municipalité. Pan ! Liquidés. Je comprends ton indifférence pour le maire, puisqu'il n'a pas tes idées, mais *lou capelan*, ce serait plutôt toi qui n'as pas de respect.

— Je ne leur veux pas de mal, mais ils me manqueraient moins que les morilles au printemps, ou les *sanguins* à l'automne. À choisir, je préfère me régaler d'un bon plat de champignons et me passer de bénédictions.

Sur quoi, Benjamin continue de plus belle la ritournelle qu'il avait interrompue quelques instants, ce qui semble, décidément, ne pas être du goût de Jérémy. Aussi le premier finit-il par rassurer le deuxième.

— Dis-toi qu'il y aurait peut-être bien un petit espoir du côté des morilles et…

Il attend une seconde, avant de rajouter en agitant son index pointé :

—… du côté des truffes aussi, si tu veux le savoir.

Jérémy s'arrête, se tourne vers son ami et lui demande sans trop y croire :

— Du côté des truffes ?

— Oui, pour l'instant, vois-tu, elles ne sont pas tout à fait mortes.

Jérémy semble ne pas comprendre, tandis que Benjamin, lui, sourit avec satisfaction, avant d'expliquer :

— Cette histoire de débroussaillage n'est vraie qu'à moitié. Le coin que Robert m'a donné ne sera pas touché d'un millimètre.

— Coquin de sort, tu ne pouvais pas le dire plus tôt !

— Tu ne crois pas qu'une nouvelle pareille j'allais la crier sur les toits, la mettre sur la place publique ou sur la première page du *Provençal*. Il est bien gentil, Pistaroffle, mais pour un secret, il est préférable que cela ne sorte pas de la famille. Et comme un bonheur ne vient jamais seul, Jérémy, pas besoin de chien. La truffière consiste seulement en deux ou trois chênes dans le bois du Cadenet. Au bon moment, il suffit de creuser. Si en plus tu as la chance de voir la mouche bleue tourner dessus, il n'y a plus de doute, tu n'as qu'à te pencher pour les ramasser.

— Cela me semble un peu trop facile. Je préférerais avoir un chien.

— Tu as des sous à gaspiller, ma parole ! Tu es riche comme Crésus ? Robert m'a tout expliqué, et, s'il le faut, il nous accompagnera la première fois pour nous montrer l'endroit et de quelle façon il faut pratiquer.

— Parce qu'il sait où c'est ?

— *Pardine* ! Il l'a su par un vieil employé de son bureau, qui est mort il y a deux ou trois ans, je crois. Avant de partir à la retraite, il lui a donné son coin, simplement parce que Robert ressemblait beaucoup à son fils, mort sur le front russe. C'est aussi bête que ça. Mais Robert n'a jamais le temps d'y aller. Alors que veux-tu qu'il en fasse ? Il nous le donne bien volontiers. À condition qu'on lui cède quelques truffes, ne serait-ce qu'en souvenir de son collègue Barbantier, et pour le plaisir de les goûter, bien sûr.

— Et c'est maintenant qu'il en parle ! Tu te rends compte que, si tu n'avais pas téléphoné, si je n'avais pas émis l'idée d'aller en ramasser, on serait passé à côté ! Est-ce qu'il réalise, ton Robert, le temps qu'on a perdu ?

— Oh, Pénible ! À présent, tu vas pouvoir le rattraper, le temps, c'est ce qui compte.

En effet, malgré cette petite contrariété passagère, Jérémy retrouve son sourire et, du coup, se met à siffler à son tour.

— Il y a cinq minutes, il me semble que tu m'as fait remarquer que je manquais de respect…

— Les truffes ne sont plus mortes, Benjamin, elles sont ressuscitées. Alors on peut jouer les merles, puisque ça finit en beauté. Qu'est-ce qu'on va se payer pour Noël !

— Tu oublies le débroussaillage : lui, il est bien réel et il fait très mal.

— S'il ne touche pas le bois du Cadenet, cocagne.

— Tu sais, pour la gangrène, on commence par te couper le pouce, puis on te prend tout le bras.

— Ne parle pas de malheur. L'essentiel, c'est qu'il nous laisse déjà le temps de s'en enlever l'envie. Mais dis-moi, Benjamin, cela n'aurait pas été plus simple de dire qu'il n'y en avait pas, plutôt que d'aller inventer une histoire pareille qui nous a fait perdre la matinée ?

— Et qu'est-ce que tu fais du plaisir de blaguer ! Pour une fois que je peux m'en payer une belle tranche pour bien me gaver, je n'allais pas m'en priver !

Sur quoi ils se remettent à siffler tous les deux, même en exagérant un peu.

*
* *

L'été s'est définitivement installé. Il a planté ses pieds dans ses sabots, fait mûrir tous les vergers, mais en même temps a matelassé les cieux qui sont souvent encombrés de nues gonflées comme des oreillers, prémices d'orages postillonnants et tonitruants.

La grosse horloge du salon sonne les sept coups du soir, et Jérémy se lamente sans une once d'espoir.

— Quel temps de chien ! Si beau qu'il faisait ce matin.

À l'inverse, Mathieu se dirige vers la fenêtre et se met à fredonner une vieille comptine. À son tour, Irma entre dans la pièce pour poser sur la table des assiettes en porcelaine fine. Comme toutes les années, elle est venue passer les grandes vacances à L'Épervière. Un instant plus tard, Émilie apporte un gros saladier de tomates, parsemées d'olives noires, de persil, d'oignons blancs et d'anchois en filets, posés sur le dessus, en lanières croisées. Sans attendre, Jérémy s'approche de la table, vole une olive au passage, puis s'assoit. Mathieu en fait autant, et les deux hommes, en souriant, attendent qu'Irma et Émilie viennent les retrouver.

Sitôt le repas commencé, Mathieu demande :

— Tu te souviens, papa, de Jean-Yves Escalle ?

— Pas vraiment.

— Nous avons fait nos études ensemble. Il était originaire de Bordeaux, mais son père était receveur des postes à Démourge. Ils ont dû rester sept ou huit ans.

— Peut-être…

— Il a fait la guerre dans la marine et il y est resté jusqu'à maintenant. Mais au cours des dernières manœuvres, il a eu un accident et s'est retrouvé avec un bras en moins. Alors il est revenu dans le coin. Il paraît que c'est lui qui aurait acheté la vieille bastide des Giraud, *Lou Mistralet*.

— Il n'a pas intérêt de vouloir reprendre l'exploitation, parce que ça fait dix ans qu'elle est abandonnée. Ou alors il n'est pas encore sorti de l'auberge !

Après un temps, il reprend :

— En voilà encore un qui arrive tout frais moulu de la ville, et qui croit tout connaître sur le bout des doigts, de la lune, du soleil et de la terre qu'il vient d'acheter. Mais qu'est-ce qu'il croit ? Ses billets sont tout neufs, ils ont été vite gagnés, et aussi vite dépensés. Ce sont des sous faciles, Mathieu, ce ne sont pas ceux de chez nous, qui, après des générations, sont encore humides de sueur, car il a fallu les arracher à chaque grain de terre, à chaque caillou, sans rechigner ni se laisser abattre. Tu parles d'un paysan… C'est un paysan à *la manque*, oui !

— Tu sais, handicapé comme il est, il a certainement l'intention d'y faire autre chose.

— Vaudrait mieux pour lui, parce que la terre, cela se mérite. Et ce n'est pas parce qu'il aura acheté la sienne à ce pauvre Giraud, qu'elle lui en sera éternellement reconnaissante. Regarde la nôtre : depuis qu'on la laisse de côté, elle s'est vexée et devient tout émaciée. Mais ça, il n'y a que les *Maistres des Bastides* qui puissent le comprendre, et pas un pauvre matelot estropié, sorti tout droit d'un bateau militaire.

— Malheureusement, des *Maistres*, il n'en reste plus beaucoup dans le paysage, leurs *bastides* non plus, d'ailleurs. Toi, Benjamin, Amédée et les autres, vous n'êtes plus que des fossiles, des rescapés. Et ce n'est pas ce qui peut donner une longue progéniture pour venir à la rescousse de votre bataillon en déroute.

— Ah ! tu peux parler ! C'est vrai que si l'on ne doit compter que sur des *spécimènes* dans ton genre, la relève est en route, tout assurée. Ton porte-plume ne fait jamais de comptes, et tes pieds n'arpentent point les sillons ou les champs de pêchers. Quant à *l'héritier des cigales,* tu le connais ? Je vois bien qu'il n'a guère envie de chanter !

— Prends un peu de patience, papa. Peut-être que le ciel va t'arranger les choses, qui sait ?

— Qu'est-ce que je dois comprendre ?

Jérémy s'est presque levé, l'œil éclairé, la main tremblante, et Mathieu le calme sans attendre.

— Je t'en prie, ne te monte pas la tête surtout. Nous en reparlerons dans quelques jours. Pour l'instant, il n'y a rien de précis.

— Mais il y a quelque chose, c'est vrai, Émilie ?

Il regarde l'un, puis l'autre, l'air triomphant, quêtant une réponse.

— Attends donc jusqu'à la fin de la semaine, ensuite nous saurons pour de vrai.

— Oh ! Bonne mère ! Je vous promets alors un de ces banquets, que vous m'en direz des nouvelles ! En attendant, j'ai l'appétit coupé. Je ne peux plus rien avaler.

Il se rassoit, en repoussant le gratin de blettes qu'il avait approché de son assiette pour se servir. Puis, après un bref instant d'hésitation, il se lève en disant :

— Je vais aller chercher une bouteille de mousseux.

Mais personne n'a le temps de le retenir, car personne n'a vraiment envie de le faire.

Lorsque Jérémy revient avec la bouteille, il questionne de nouveau :

— Pourvu que ce soit ça, sinon je crois que je vais en faire une maladie. Mais je lui porterai de bon gré un cierge de trois kilos.

— À qui ?

— À la Bonne Mère, Irma, à la Bonne Mère. S'il le faut, je monterai à pied jusqu'à la Vierge-de-la-Garde.

En riant, Mathieu et Émilie se regardent, levant leur verre. Irma, elle, fait taper le sien contre la coupe de son frère qui rayonne autant que la sœur.

Ils sont encore en train de boire avec plaisir, lorsque Maria entre, apportant le fromage. Elle s'arrête aussitôt, stupéfaite de voir la bouteille ouverte sur la table. Ses yeux interrogent, mais c'est le silence. Elle regarde chacun avec insistance, sans davantage de succès. Aussi repart-elle dans sa cuisine, l'air intrigué. Deux secondes après, elle revient avec une magnifique tarte aux abricots, et finit cette fois par s'inquiéter.

— C'est l'orage qui vous coupe l'appétit ?

— Non, c'est l'émotion.

Mathieu fait les gros yeux à Jérémy, qui explique :

— J'ai eu peur du tonnerre, Maria.

Elle hausse les épaules, tout en restant les yeux fixés sur la bouteille. Alors Jérémy la rassure :

— C'est pour me remettre.

— Oui, c'est ça, les nouvelles sont graves.

Sur quoi, elle repart, et Jérémy s'exclame :

— Elle écoute aux portes, ma parole !

— Pauvre Maria ! s'apitoie Émilie.

— *Bè,* on ne lui en parlera pas, termine Jérémy, heureux comme un roi.

Enfin, après avoir terminé le dessert, Émilie va s'installer au piano et se met à chanter :

*« Que sera, sera, demain n'est jamais bien loin,*
*« Laissons l'avenir, venir, que sera, sera... »*

Tous se lèvent de table pour passer au salon. Jérémy se dandine dans son fauteuil, Mathieu et Irma chantent avec Émilie. Mais, pendant le dernier couplet, Jérémy disparaît. Un instant plus tard, Mathieu est accoudé au piano, le verre de mousseux à la main, lorsque soudain la porte s'ouvre et on entend un grand bruit. Tout le monde s'arrête, se retourne : Jérémy est au milieu de la pièce, en train de souffler dans une grande trompette en colimaçon.

— Où l'as-tu trouvée, papa ? demande Mathieu, stupéfait.

— Au grenier. C'est le cor d'harmonie de mon grand-père.

Il souffle à nouveau dans le vieil instrument, pour sortir un son bizarre qui tremblote, avant d'éclater de rire.

— Allez-y, allez-y, Émilie, je vais vous accompagner.

Émilie reprend sa chanson, et Jérémy essaye quelques notes supplémentaires, toujours aussi fausses et maladroites, pendant que Mathieu valse avec sa tante.

— Mais qu'est-ce qui se passe ? s'écrie soudain Maria restée sur le pas de la porte de la cuisine, n'osant pas entrer, mais ayant tapé quelques coups pour les faire arrêter.

— Pourquoi ? On n'a pas le droit de faire de la musique en famille ?

— Parce que vous appelez ça de la musique ? Ce serait plutôt de la *cacaphonie*. Ça fait une heure que j'essaie de vous appeler, mais pas moyen de me faire entendre. Tout le monde ne sait pas jouer du cor de chasse. Mais la prochaine fois je vous laisserai faire, le ton montera et ça réveillera tout le village. Ainsi, ils seront tous au courant de ce qui se passe, et ce que vous aurez gagné, c'est de boire un café froid. Et je crois que cela ne plaît pas à certains.

Là, elle regarde Jérémy avec les yeux noirs, et lui, ne sachant que répondre pour la première fois, souffle un grand coup dans sa trompette pour lui faire peur. Ce qui fait tourner les talons immédiatement à Maria. Mais une fois de l'autre côté, de colère, elle ouvre si fort le robinet de l'évier que celui-ci se met aussi à faire de la musique, mais à sa manière, c'est-à-dire en faisant presque péter les canalisations ! Et chacun d'éclater de rire devant tant d'à-propos, pendant que le café finit, pour de bon, par se refroidir sur la table.

Mais Jérémy interroge soudain :

— Au fait, quand est-ce qu'il arrivera, ce *pitchoùn gàri* ?

— Pour Noël, répondent en même temps Mathieu et Émilie.

— Un peu plus loin !

Mais Irma tout de suite le console :

— De quoi tu te plains ? Ils te préparent, en douce, un petit Jésus pour mettre sous le sapin !

*
* *

Tandis que le ciel, chauffé à blanc, devient pâle, s'évanouissant, tandis que le soleil s'étale en chocolat fondant, que l'air devient pesant, Jérémy marche d'un bon pas, puis ralentit l'allure pour s'éponger le front avec son mouchoir blanc, mais sans s'arrêter vraiment, poursuivant son chemin qui court dans la colline nonchalamment. En effet, le sentier a du temps à perdre, alors que lui, Jérémy, semble très pressé et n'en a point à gaspiller.

Une fois arrivé à la Patte d'Oie, il aperçoit Benjamin qui vient vers lui tout aussi vite.

— J'allais te voir, lui crie-t-il, levant le bras et haussant la voix, marchant pour le rejoindre.

— Moi aussi, collègue, j'ai une de ces nouvelles à t'annoncer, que tu ne vas pas en revenir, répond Benjamin qui l'embrasse en même temps.

— Peut-être, mais ça m'étonnerait qu'elle soit plus importante que celle que je venais te dire, parce que tu vas en rester baba.

— Tu parles, il a fallu que je boive un canon pour me remettre de mes émotions !

— Un canon ? C'est de la rigolade ! Moi, il a fallu que je débouche une bouteille de mousseux.

— Du mousseux ! Alors ne me fais pas languir davantage, raconte.

Jérémy regarde autour de lui, en disant :

— Viens par ici.

Et il l'entraîne vers la grosse pierre qui sépare les trois chemins, celle du Souvenir, plantée là depuis des générations de Démourgeois, sans qu'on sache pourquoi, pour quel événement particulier ou quel exploit, mais qui est celle du souvenir, et qui a toujours été respectée.

— Je préfère que tu t'assoies, vu que, lorsque tu auras entendu ce que j'ai à te dire, tu vas en prendre une telle *estomaquée* que cela pourrait bien te faire tomber à la renverse. Donc, je prévois.

— Qu'est-ce qui se passe ?

— Je vais avoir un petit-fils.

— Qui c'est qui te l'a dit ?

— Émilie, pardi !

— Oui, elle a dû peut-être te dire qu'elle attendait un bébé.

— Non, pas peut-être, c'est sûr, Roumarigue ne se trompe pas.

— Alors elle attend un enfant.

— Et c'est tout l'effet que ça te fait ?

— Qu'est-ce que tu voudrais que ça me fasse ? Cela me fait plaisir.

— *Bè,* on ne le dirait pas.

— Si, mais tu ne devrais pas dire que ce sera un petit-fils, parce que tu ne le sais pas. Tu l'as vu joué au cinéma ? Peut-être que ce sera une petite-fille.

— Ne parle pas de malheur, vieux sorcier ! Tu le fais exprès, ma parole ! Moi qui étais content de venir t'annoncer la nouvelle, je vois que cela te laisse de marbre. Fossilisé !

— Pas du tout, cela me fait plaisir. Comment il faut que je te le dise ? En javanais ? Seulement je suis prudent, et je crois que tu ferais bien de l'être toi aussi, ou tu ne t'en remettras pas. Sois content, Jérémy, c'est vrai, mais patiente pour savoir ce que la nature aura décidé de te donner.

— En tout cas, tu ne m'empêcheras pas d'espérer.

— Je te le souhaite, Jérémy. Je te le souhaite du fond du cœur. Que tu aies un beau petiot, enfin l'héritier que tu attendais, et les cigales pourront chanter à se faire péter le gosier !

— Tu te rends compte, je vais avoir un *pitchoùn*, un *pitchoùn gàri*, un *caganis*. C'est pas beau ?

— Et oui, c'est beau. Je comprends !

— Alors pourquoi tu ne me le dis pas ?

— Pour te faire bisquer. C'est mon plaisir, ce n'est pas nouveau. Et si tu étais à ma place, tu en ferais autant. Mais la mienne de nouvelle, tu ne veux pas la connaître ? Parce que j'étais venu aussi t'en annoncer une, tu t'en souviens ou tu fais semblant ? Oh, elle ne vaut pas la tienne, bien sûr, mais à mon niveau je n'en suis pas non plus mécontent.

— Rosette attend le troisième ?

— Non, Yoann n'a que huit mois. C'est autre chose. Il s'agit d'Adrien, le fils d'Augustin.

— Encore ! Mais tu en rêves la nuit, ma parole ! Qu'est-ce qu'il a fait cette fois ? Il t'a carrément volé la bouteille ?

— Non, il est en prison. Il a été arrêté, et il en a attrapé pour cinq ans. C'est Choufarelli qui me l'a dit. C'est pour cela que je suis content. Pendant cinq ans, je n'aurai plus de problème avec la blanche. Et à mon âge, dans cinq ans… Pour moi, le mistral aura fini de souffler.

— Alors je crois qu'on devrait aller trinquer à ces bonnes nouvelles.

— C'est toi qui régales ?

— J'ai dit qu'on devrait aller boire, je n'ai pas dit que c'est moi qui payais. Non, je plaisante, c'est moi qui paye, c'est normal. D'ailleurs, j'ai pris la bourse du dimanche et j'y ai rajouté un billet.

En riant, ils changent de chemin, prennent celui qui descend au village, traversant un grand champ de melons beiges, tout craquelés. On dirait qu'ils ont enfilé, sur leur dos, une toile d'araignée. Ceux-là, on les appelle *les fendus*, parce que le soleil leur a buriné la figure, fait éclater la peau en crevasses sucrées. Le *quicou,* leur queue, est en train de se détacher en faisant l'étoile, sans qu'on ait besoin de l'arracher. Alors il est temps de les ramasser. Justement, voilà Dieuloufet qui arrive avec la charrette. Sa femme et son fils sont assis à l'arrière, balançant leurs jambes, leurs pieds, au rythme régulier du pas du vieux mulet. Au passage, Jérémy et Benjamin les saluent d'un signe de la main, disent un mot sur le temps et la santé de chacun, avant de poursuivre leur chemin.

*
* *

Le temps de parler de la dernière rubrique nécrologique, et le clocher de Démourge fait entendre sa voix familière.

— Qu'est-ce que c'est qui sonne, Jérémy ?

— La demie, seulement la demie, répond celui-ci, tout en lui faisant signe de se rasseoir, puisqu'ils ont encore du temps devant eux.

— Je ne sais pas ce que c'est que vous êtes venus arroser tous les deux, mais à vous voir faire, vous lui faites prendre un bon bain de siège. Il n'aura pas de problème pour prendre racine.

— C'est un secret, Pistaroffle. En plus, c'est un secret de bonne femme. Alors tu comprends qu'on ne peut pas le raconter. Il te faudra encore patienter.

— Oui, pour l'apprendre en même temps que tout le monde.

— Non, je te le dirai en premier, promis juré ! *Pavré,* Benjamin, qu'on lui dira en premier ?

— Eh oui, puisqu'il te le dit.

— Ce qui est sûr, c'est qu'à voir vos mines, c'est certainement une bonne nouvelle.

— Une bonne ? Mais c'est autre chose qu'une bonne nouvelle. C'est une rare, une sacrée, c'est une belle nouvelle, Pistaroffle ! Et je te la dirais bien volontiers, mais c'est rapport à Émilie que je ne peux pas le faire.

— Si ce n'est que cela, on n'en parlera pas à cette petite.

— *Peuchère*, ça m'étonnerait qu'elle ne soit pas au courant. La bonne nouvelle, ce serait plutôt elle qui devrait l'annoncer !

Pistaroffle, qui a tout compris, hoche la tête en questionnant :

— Et Mathieu, il y est aussi pour quelque chose ?

— Un petit peu…

Puis, pour animer la conversation, il le taquine à nouveau :

— Et Irma, elle fait aussi partie de l'histoire ?

— Qu'est-ce que tu veux qu'elle vienne y faire, Irma ? Laisse-la donc où elle est. Déjà que je me la supporte depuis des lustres, cela suffit.

Cette dernière réflexion de Jérémy les fait rire de bon cœur, mais la conversation se poursuit autour de la table.

— Moi je te le dis, Jérémy, si ce n'est pas une question de vie ou de mort, que ça n'enlève rien à personne, ce n'est pas la peine que tu attendes pour dire ce que tu tiens caché. Tu en meurs d'envie, alors fais-toi plaisir tout de suite.

— Tu as raison.

Et Pistaroffle se penche vers lui pour écouter ce que personne ne sait encore, et qu'il saura le premier.

— Je vais avoir un petit-fils.

— Ah, le voilà qui recommence.

Pistaroffle se tourne vers Benjamin, qui vient de couper la parole à son ami, et lui demande :

— Pourquoi ? Ce n'est pas vrai ?

— Je n'en sais rien. En tout cas, ce n'est vrai qu'à moitié. Parce que ce sera peut-être bien un petit-fils, mais ça pourrait être aussi une petite-fille...

— Émilie attend des jumeaux ?

Jérémy, soudain, intervient dans leur dialogue.

— Je vous laisse dire, mais vous me faites bien rigoler. On dirait tout juste que je ne suis pas concerné. Mais le grand-père, collègues, c'est moi. C'est moi le grand-père, et il faudrait voir de ne pas l'oublier. Et puis d'abord, laisse-moi te dire une chose, Benjamin : après tout, pourquoi ça ne serait pas des jumeaux ?

— Béranger, du coup il te ferait la pige ! Il en aurait deux à la fois et vous seriez à égalité tout de suite côté progéniture !

— Pistaroffle, tu as très bien parlé, confirme Jérémy.

Mais Benjamin l'interroge :

— Elle te l'a dit qu'elle attendait des jumeaux ?

— Non, mais je sais que c'est dans les choses possibles. Tu n'en as jamais vu, toi, des jumeaux ? Ce n'est pas parce que ta fille n'en a pas eu que moi, mon fils ne sait pas les faire.

— Au moins, tu aurais une chance supplémentaire pour le nom de famille, Jérémy.

— Qui sait, peut-être même deux, Pistaroffle !

— Là, je crois que tu pousses le bouchon un peu loin. Tu pourrais tout autant espérer qu'elle en ait trois et que ce soit tous des garçons.

— N'exagère pas, Benjamin, pourquoi pas quatre ou cinq, tant que tu y es ! Tu la prends pour une lapine, Émilie ?

Après un temps, il conclut posément :

— Non, elle en aura un, ou deux, comme tout le monde.

— Le tout, c'est que ce soit un garçon, *pavré,* Jérémy ?

— Exactement, Pistaroffle, toi au moins, tu as tout compris, lui répond-il, buvant la fin de son verre d'un seul trait, avec satisfaction.

— Et c'est pour quand ?

— Ah ça, c'est le mauvais côté de la chose. Ce sera pour décembre.

— Qu'est-ce qu'il y a de si terrible en décembre ?

Mais c'est Benjamin qui le lui explique :

— Qu'est-ce que tu veux qu'il y ait ? Trente et un jours, comme d'habitude. Seulement monsieur, une fois de plus, n'est pas content. Elle l'aurait fait au printemps, il aurait rouspété par rapport aux morilles ; si elle l'avait fait à l'automne, ça l'aurait gêné pour les sanguins.

Puis, regardant Jérémy bien en face, il termine :

— Là, au moins, tu n'auras pas grand-chose à faire puisqu'il fait toujours mauvais temps. Au moins, cela t'occupera les bras.

Mais le clocher, sonnant les douze coups cette fois, va tous les mettre d'accord. D'ailleurs, Jérémy se lève sans répondre à Benjamin, et l'instant d'après, ensemble, restant chacun dans leurs pensées, ils reprennent le chemin de la maison.

De son côté, Pistaroffle, ayant rangé les verres, passe dans la cuisine où Gustine, sa femme, est en train de mettre le couvert, et joyeusement il lui lance :

— Tu sais pas ? Jérémy va avoir un petit-fils. Tu te rends compte, depuis qu'il attendait l'héritier, c'est un événement !

*
* *

Les jours s'en sont allés, roulant comme des fous sur la longue autostrade du temps qui court, accompagnant l'automne mordoré qui a transfiguré la campagne et ses petits sentiers. Il a peinturluré les platanes qui font le tour de la place du village, en coquille de limaçon, celui des premières pages. Il est onze heures et c'est le moment où Benjamin et Jérémy sortent de chez Pistaroffle, les mains dans les poches de leurs pantalons de velours. Ils se ressembleraient presque, tant il est vrai qu'en vieillissant les rides effacent les traits des visages, et que ceux qui ne sont qu'étrangers, par amitié, amour, ou fidèle complicité, deviennent presque des frères sur le chemin qui les conduit ensemble au bout de la vérité : à la fin de leur vie. Ils sont contents, satisfaits ; aussi leurs lèvres sourient-elles imperceptiblement sous leurs moustaches grises. Bref, c'est une belle journée. Surtout que le vin est fameux cette année, et Pistaroffle n'a pas trop augmenté ses prix. Du coup, Jérémy en aurait presque commandé un peu plus, si Benjamin ne lui avait pas fait remarquer qu'avec la différence il pourrait acheter quelques litres de *blanche* à Léon, puisqu'il semble si bien l'apprécier. Aussi a-t-il replié ses billets de mille, pour les glisser dans la poche arrière de son portefeuille, heureux comme tous les porte-monnaie, quand ils font des économies, tout en faisant les commissions et en gardant le ventre rond. Après quelques pas, Benjamin s'étonne :

— Ce n'est pas Amédée, assis sur le banc, près de la fontaine ? Viens, Jérémy, on va lui dire un petit bonjour. Je suis sûr que ça lui fera plaisir. Il y a un moment qu'on ne l'a pas vu par ici.

Ils se dirigent de l'autre côté de la place, dos au soleil.

— Alors, Amédée.

— Oh, coquin de sort ! Jérémy et Benjamin : les inséparables. Je suis content de vous voir.

— Nous aussi, collègue. Tu es un peu de retour ?

— Ah, je me languissais trop de ma garrigue. J'ai hésité, mais le passé a été plus fort que le présent. Alors je me suis décidé à rentrer, malgré le désastre.

— C'est vrai que tu n'as pas été gâté. Mais au moins tu n'étais pas là quand ils ont commencé, soupire Jérémy. Où est-ce que tu restes, maintenant ?

— Chez moi, puisque de la maison ils n'en ont pas voulu.

— Au milieu de l'autostrade ?

— En plein mitan. Enfin, elle passe plus loin de la bâtisse que ce que je craignais. Mais cela n'empêche pas qu'ils m'ont *escagassé* le paysage et qu'ils continuent à tout me mâchurer de farine, une poussière épaisse comme ça, avec leurs engins qui n'arrêtent pas de circuler. Le plus terrible, c'est que ce n'est pas fini. Il paraît que cela n'est même qu'un commencement. Ils sont en train de vous préparer en douce quelques chambardements de première.

— Qu'est-ce qu'ils viennent nous enquiquiner ? Ils ne peuvent pas aller jouer ailleurs les taupes démolisseuses ? Ce n'est pas la place qui manque ! s'agace Benjamin.

— Il faut faire avancer le progrès, c'est leur excuse. Quitte à ce que toute la Provence finisse en roue de gruyère que les souris ne voudront même plus grignoter, de peur de faire de l'aérophagie tellement elle sera percée.

— Vous voulez que je vous dise, de tels progrès, ce sont des pas d'écrevisse, on marche plutôt à reculons. Alors cela me fait une belle jambe qu'on nous promette des améliorations, il faudra qu'elles soient grandes pour qu'on les apprécie.

— C'est comme ça, mon beau, et ni toi ni moi ne pourrons rien changer, Jérémy. Dans quelques années ils en reviendront, mais nous ne serons plus là pour le voir. Et en attendant, qui aura-t-on enquiquiné? Quelques couillons comme nous autres, qui s'échinent à vouloir conserver une belle unité à la garrigue provençale.

— *Bè,* tu n'es guère réjouissant...

— Benjamin, tant que la vérole ne te touche pas, on ne croit pas à l'épidémie, mais ensuite..., conclut Amédée sur un ton inquiet.

Un silence s'installe, pendant lequel on entend quelques mouches bavardes hésiter autour des têtes et des mains, ne sachant pas où se poser pour se brosser les ailes, les cirer. Ailleurs, en rouspétant, une abeille retardataire vient renifler les derniers géraniums qui tombent de la fenêtre de Marie-Louise. Cette année, l'automne est doux, ne voulant pas mourir dans ses jaunes ni dans ses roux. Mais pour rompre le silence qui s'installe un peu trop longtemps à son goût, Benjamin s'exclame:

— Vous avez vu l'heure, la cloche va sonner le quinze de midi et j'en connais une qui va me tirer les oreilles, à les allonger comme des spaghettis, si je ne prends pas du souci. J'aime bien votre compagnie, mais il est temps que je rentre à La Bastide.

— Amédée, si tu as besoin de quoi que ce soit, tu sais qu'il y a du monde à L'Épervière. D'ailleurs, il faut que tu viennes passer une soirée avec nous, cela te changera les idées.

— Merci, ça me fait plaisir, mais tu sais, Jérémy, à présent, je ne suis pas très gai.

— Mais si, mais si. Et puis moi je serai content de t'avoir à ma table. Benjamin viendra aussi, *pavré*? Ainsi nous aurons tout notre temps pour parler d'hier et d'aujourd'hui, parce que, pour demain, il ne reste guère de place.

Amédée se lève d'un meilleur élan, en disant :

— On pourra penser ce qu'on voudra, mais cela fait du bien de rentrer chez soi.

— Je te crois volontiers, pas besoin d'expliquer.

Pourtant, tout en marchant, ils continuent de papoter.

— Pour manger, comment tu fais ?

— Comme toi, avec la cuillère !

Et ils rient tous les trois volontiers, avant qu'Amédée ne réponde :

— C'est Gustine qui me porte des petits plats. Elle me gâte, et je soupçonne Pistaroffle de l'y encourager. Ils sont bien braves, ces cafetiers.

— Au moins ça te requinquera. Y a rien de tel qu'un bon repas pour te changer les idées.

— C'est que j'en ai besoin, parce que là-bas, entre ces murs de papier peint, je crois que je serais parti avant l'âge. Tout était prétexte pour que je me repose. Mais vous me voyez, assis dans un fauteuil, la tisane, les pantoufles, attendant que le jour fatidique arrive. Ne parle pas de malheur !

— Ah, sûr que, pour ce genre de choses, on n'aime pas trop qu'on nous tire par les pieds ou qu'on nous mette le feu aux fesses, explique Benjamin, convaincu.

— Moi, quand il s'agit de m'enterrer plus vite que ne le voudrait le Bon Dieu, ce n'est pas le feu que j'attrape, mais la foudre. Alors je te comprends, Amédée, je te comprends parfaitement, foi de Jérémy !

Et ils rient encore tous les trois, tout en se dirigeant vers le bout de la rue inondée de soleil. Mais la conversation roule toujours, car il n'est jamais facile de se séparer. À cet âge, on sait quand on se quitte, mais on ne peut pas être certain de se retrouver le lendemain ; aussi fait-on durer le plaisir, pas trop vite.

— Mes enfants sont bien gentils, mais ils n'arrivent pas à comprendre que je ne sois pas devenu gaga.

— Et à ce que je vois, ce n'est pas près d'arriver, *qué,* Amédée.

— N'empêche, mes bons, c'est eux qui nous poussent vers la sortie. D'une pichenette, mais ils nous poussent.

— Ah, ce Jérémy, il faut tout le temps qu'il joue les trouble-fête.

— Ce qui compte, c'est de sortir en beauté. Et moi, je préfère que ce soit en coupant mon bois pour me chauffer, plutôt que de neurasthénie dans un fauteuil, au sixième étage d'un poulailler marseillais. Parce que vous les avez vues, leurs cages ? Des clapiers ! C'est à vous dégoûter de manger du lapin ou du poulet !

— Tu as raison, Amédée, il faut partir de là où on est arrivé. Au moins, on ne perd pas de temps pour retrouver les siens.

— En attendant d'arriver, il faudrait peut-être bien s'en aller pour de bon, qu'est-ce que vous en pensez ? Tu viens, Benjamin, ou je pars tout seul ?

— J'arrive, j'arrive.

— *Adesias,* Amédée !

— *À la reviste*, collègues.

Une fois à L'Épervière, Jérémy se dirige vers la cuisine où Émilie épluche quelques pommes de reinette pour faire une tarte à sa façon. Elle en profite, parce que Maria est partie faire les commissions. Mathieu, appuyé au buffet, la regarde faire tout en grignotant un trognon. Elle s'arrondit bellement, et son visage a pris cette plénitude qu'ont toutes les jeunes mamans. Ce qui réjouit Jérémy quant à l'héritier. Il surveille même les choses de près, savoir s'il n'y en aurait pas deux qui se préparent et s'il apercevrait un signe qui pourrait lui annoncer si c'est il ou elle qui se peaufine en secret. Mais, bien embêté, ne pouvant rien deviner, il prend à son tour un bout de pomme craquante, en changeant de sujet.

— Je viens de voir Amédée au village. On a parlé un long moment.

— Quel Amédée ? demande Mathieu, la bouche pleine.

— Celui de La Lézardière, tu ne t'en souviens pas ?

— Si, si, je te fais marcher. Ça y est, il est revenu ?

— Oui, et je l'aime bien, Amédée. C'est un bon collègue, mais j'ai de la peine de le voir tout seul maintenant. Mireille est partie si vite. Elle était brave, *peuchère* ! Elle n'aurait pas fait de mal à une mouche. C'est l'autostrade qui l'a tuée, vous le savez ? L'autostrade, et le progrès.

Puis, après un soupir, il rajoute sur un ton beaucoup plus gai.

— Alors je l'ai invité à venir souper un de ces soirs. Vous êtes d'accord, j'espère, Émilie ?

— Je serai ravie de revoir M. Telmont. Vous avez très bien fait.

— J'ai aussi dit à Benjamin et à Louisette de l'accompagner.

— Tu as vu, Émilie, comme il est malin, il commence par te dire qu'il a invité son ami Amédée, puis, quand tu lui as dit oui, il rajoute Louisette et Benjamin. Et si tu ne dis rien, demain il te préviendra qu'il a invité M. le maire avec tout son conseil municipal !

— Mathieu, tu n'es qu'un gros égoïste !

— Ne l'écoutez pas, père, c'est parfait. Il suffira que vous me le disiez à l'avance, c'est tout.

— À peine il rentre, on ne va pas lui jeter le grappin dessus. Il faut lui laisser le temps de se retourner. On verra dans quelques jours.

Et Jérémy, ayant chipé un quart de pomme supplémentaire, se dirige vers la salle à manger sans rien rajouter.

*
* *

L'automne s'en est allé tout en douceur, après s'être empourpré une dernière fois, en ultime couleur, s'être emporté dans mille tons cuivrés, en dernier souffle de sorcier. La Toussaint a suivi, sous un ciel larmoyant, celui de tous les premiers novembre, accompagné de la visite annuelle au cimetière : petite cérémonie du souvenir, avec les regrets éternels de Jérémy. Après tout cela, passé ce vent de nostalgie, voilà qu'aujourd'hui, à L'Épervière, c'est la fête. En effet, comme il avait été convenu, Amédée est venu passer la soirée chez les Fonteclaire. Il y a aussi les Béranger : Louisette et Benjamin, mais ni M. le maire ni son conseil municipal, même si Mathieu l'avait envisagé un instant. Les trois compères réunis prennent le temps de passer en revue toute leur jeunesse ; de remonter à la source féconde de leurs souvenirs les plus lointains, en doux temps de liesse, en vieux temps qui déroule ses images sépia, ses joies et ses chagrins. Ainsi, à cette heure, sont-ils parvenus à la fin du repas. Mais tout le monde restant installé autour de la table, Jérémy s'apprête à verser dans de petits verres à pied sortis pour l'occasion une douce liqueur d'orange pour les dames et une forte Bénédictine pour les messieurs, afin de finir de fêter dignement ces retrouvailles amicales, avant de passer au salon.

Soudain, Faraud jappe de toutes ses vieilles forces, d'une voix enrouée par les années. Que peut-il bien se passer ? Jusque-là, il était resté couché derrière la porte de la salle à manger, le museau au ras du liseré de lumière, humant quelques bribes suaves, échappées du bon repas préparé par Maria. Cela avait fini par lui donner l'eau aux babines, en attendant de pouvoir déguster les *rataillons* les plus subtils, les *regardelles* les plus fines, que Jérémy ne manquerait pas de mettre dans sa gamelle, pour que tout le monde puisse profiter de l'événement, même ce compagnon à quatre pattes, vieillissant. Toutefois, pour l'instant, il n'est pas question de penser au pâté truffé, et quelles truffes, on s'en serait douté ! Ni au gigot, ni aux pommes de terre sautées. Voilà que quelqu'un s'approche de la porte, alors il s'agirait plutôt de se manifester.

— Faraud ? Tais-toi, voyons ! Mathieu, regarde un peu ce qu'il se passe, il me semble qu'on a frappé.

— Qui veux-tu qui vienne nous déranger ? Tu as vu l'heure ?

Pourtant, Faraud se remet à aboyer de plus belle, et Jérémy insiste tout autant.

— Va voir, je te dis. Mais ne laisse entrer personne, surtout si c'est un étranger.

Mathieu se lève, contrarié, regardant sa montre-bracelet, puis sort en refermant la porte derrière lui. Pendant ce temps, Jérémy recommande à chacun, en mettant son index sur ses lèvres :

— Chut ! Ne faisons pas de bruit. Ils n'ont pas besoin de savoir que nous sommes nombreux et encore à table, même si ça fait longtemps qu'on a fini de manger.

Mathieu revient rapidement, et Jérémy l'interroge aussitôt :

— Alors, qu'est-ce que c'était ?

— Ça !

Sur quoi il montre une bouteille pleine.

— Qu'est-ce que c'est ?

— De la *blanche*. En tout cas, elle est drôlement forte.

— Parce que tu l'as goûtée ?

— Non, c'est la bouteille qui est forte, pour être arrivée à taper à la porte toute seule.

— Est-ce que tu es sûr, d'abord, que c'est de la *blanche* ?

— Parrain, j'ai juste tiré le bouchon, mais je peux te dire qu'elle a un de ces parfums qui ne trompe pas. Elle réveillerait un mort !

— Fais voir, Mathieu, que je la sente.

Il fait passer la bouteille à Benjamin, attendant sa décision.

— J'en étais sûr, c'est Augustin.

— Tu le vois partout, ma parole ! Pour quelqu'un que tu ne peux pas supporter, tu ne le quittes pas d'une semelle. Il te colle aux basques du petit déjeuner à l'heure du coucher. Et ce soir, le coucher, il est même à rallonge, il fait des heures supplémentaires sans être payé !

— C'est lui qui vient m'enquiquiner en apportant de la *blanche* jusqu'ici. Moi je ne l'ai pas appelé.

— Comment tu peux savoir que c'est lui ?

— Parce qu'on la reconnaîtrait entre mille, la *blanche* de Léon, et qu'on n'est pas cinquante à en avoir. Alors vous pouvez me croire, ça ne peut être que celle d'Augustin.

— Et pour quelle raison il me l'aurait apportée ? Je ne lui en ai pas demandé.

— Parce qu'il sait peut-être que je suis chez toi, et elle est pour moi.

— Tu en as parlé à quelqu'un que tu venais ?

— Non, à personne. Pas besoin d'informer toute l'amirauté.

— Alors, comment veux-tu qu'il le devine ? Ce n'est pas une cartomancienne, Augustin, ou alors cela se saurait. Et par quel mystère, tout à coup, il te porterait à toi, Benjamin, par mon intermédiaire à moi, Jérémy, une bouteille de gnôle, sous mon toit, sachant que vous êtes des ennemis jurés ?

— Je ne sais pas, moi. Je ne lis pas dans les feuilles de thé. Peut-être qu'il veut se réconcilier. Mais si c'est le cas, il peut se mettre une belle tringle !

Pendant ce temps, Maria est entrée pour débarrasser la table, puis, prise de remords, avant de ressortir, elle s'adresse à Jérémy :

— Vous avez vu Augustin ?

Aussitôt, Benjamin prend tout le monde à témoin en constatant :

— Qu'est-ce que je vous disais ?

Jérémy fait celui qui n'a pas entendu, préférant s'adresser à Maria.

— Pourquoi, vous, vous l'avez vu ?

— Oui, il est venu à la cuisine, il cherchait M. Béranger. Il est d'abord allé à La Bastide et n'ayant trouvé personne, il a pensé qu'ils ne pouvaient pas être loin. Il a dit qu'il venait le soir parce qu'il ne voulait pas qu'on le voie, sinon les *bazarettes,* demain, iraient bon train. Vaut mieux ne pas rajouter de l'eau au moulin quand le courant est suffisant pour faire tourner la roue. Vaut mieux y mettre un frein. Et il était content que vous soyez encore à table. Il m'a dit qu'il frapperait et laisserait la bouteille devant la porte. Vous l'avez trouvée ?

— Oui, oui, nous l'avons !

Mathieu, une fois encore, brandit la bouteille devant une Maria qui ne semble pas du tout troublée.

— Pourquoi il ne vous l'a pas laissée, tout simplement ? demande Jérémy.

— Oh, je ne voulais pas me mêler de vos affaires. Je lui ai dit que, s'il avait quelque chose à donner, il n'avait qu'à faire ses commissions lui-même.

— Voilà qui a le mérite d'être clair ! Mais qu'est-ce qui lui prend de vouloir me donner de l'eau-de-vie ?

— Il m'a expliqué qu'un matin, en allant disposer les *quillaoù* pour attraper les *culs-blancs*, il est passé devant votre *poste*, et qu'il y a trouvé son fils Adrien en train de boire l'alcool à la bouteille.

— Ça, on le sait, mais continuez.

— Alors, pour réparer, Augustin en a apporté une autre, en me demandant de vous dire qu'il avait corrigé son garçon, et que vous pouviez compter sur lui pour que ça ne se reproduise plus.

Sur quoi Benjamin s'écrie :

— Tu parles, il est en prison ! Mais s'il croit que je vais lui dire merci…

— Oui, là, il peut se mettre une belle tringle, on a compris, tu l'as déjà dit.

— Oh, il a précisé que c'était pour vous, c'est tout. Il en a pas fait un *pataquès* ni une maladie.

— Ce qui est largement suffisant. Il n'allait pas nous faire un *spiche* pendant trois heures, alors qu'on ne lui a rien demandé.

Sur quoi, Maria se retire, emportant sa pile d'assiettes, tandis que Louisette et Émilie, que l'on n'a guère entendues ce soir, la suivent dans la cuisine.

Benjamin, lui, se remet de ses émotions et de sa surprise.

— Sacré Augustin !

— Oui, dans l'histoire, ce serait presque toi le plus attrapé.

Mais Mathieu coupe soudain la conversation.

— Qu'est-ce que c'est les *quillaoù* et les *culs-blancs*, dont a parlé Maria ?

— On voit que tu ne sors pas le nez de tes livres, mon pauvre Mathieu ! Qu'est-ce que tu lui as appris, à ton fils, Jérémy ? reproche Benjamin qui lève les yeux au ciel.

Puis il donne l'explication demandée, avec un grand plaisir dans la voix, comme on peut le supposer pour l'avoir entendu le faire plusieurs fois.

— Le *cul-blanc*, c'est un oiseau qui a le cul blanc, mais c'est aussi un oiseau qui va toujours se quiller, se percher. C'est pour cela qu'on appelle *quillaoù* l'endroit où on les attrape. Il suffit d'installer, sur des collines dénudées, trois pierres plates l'une sur l'autre, et lorsqu'ils se posent dessus, pan ! Tu les descends. Et du fait qu'ils arrivent par nuées…

— Il faut faire beaucoup de *quillaoùs*.

— Voilà, tu as tout deviné, ce n'est pas plus compliqué.

Mais Amédée revient sur l'incident précédent.

— Qu'est-ce qu'il t'a fait, Augustin, pour que tu sois tant remonté contre lui ?

— Ils sont fâchés depuis quarante ans, explique Jérémy.

— Au moins quarante. Mais je n'ai pas fait le compte, de peur de prendre peur. C'est bien simple : dès que je l'ai en face de moi, j'ai la langue qui me démange et je ne peux pas m'empêcher de l'enquiquiner un peu.

Ce qui les fait tous rire.

— C'est une façon de passer le temps. Et pour ce genre d'occupation, Benjamin est un spécialiste, insiste Jérémy.

— Non, mais je n'ai pas du tout l'intention de me raccommoder avec cet énergumène, c'est tout. Alors j'entretiens la flamme.

— À cette allure, il va te falloir du bois, car vous n'êtes pas près d'y arriver un jour, ni l'un ni l'autre.

— Mais qu'est-ce qu'il t'a fait ?

— Ah, mon pauvre Amédée, on a voulu lui faire *la Pierre*. Tu peux l'imaginer, parce que toi tu sais ce que c'est. Mais je vais tout de même vous le raconter, pour que ce pauvre Mathieu ne meure pas idiot, vu que son père ne lui a jamais rien expliqué. On avait dansé toute la nuit, dans la grande rue de Salac, avec Clément, le roi du piston. C'était le plus fort.

— Dans tous les sens du mot, Mathieu ; je te le précise, parce que tu ne connais peut-être rien de rien, comme le pense ton parrain, mais personne non plus. Encore moins ! Clément, il avait un tour de ceinture à faire pâlir de jalousie les plus gros bouddhas de l'Inde et du Pakistan réunis.

Et Jérémy rit aux éclats.

Il est vrai qu'autrefois, dans les villages, la fête terminée, le *baletti* fini, la tradition voulait que toute la jeunesse se retrouve pour manger. Enfin, les jeunes gens en particulier, parce que peu de jeunes filles restaient. Seulement celles qui étaient fiancées. Alors vers les quatre heures du matin, tous épuisés, ils défaisaient les tréteaux de l'orchestre et les installaient au milieu de la rue pour servir de table. Ensuite, Victorine, la femme de l'aubergiste qui avait tenu, lui, la buvette toute la soirée, les régalait d'une *macaronade*, accompagnée d'une daube du tonnerre.

— Après les agapes habituelles, nous ne restions plus que quelques-uns, les habitués, les increvables, les dévergondés, comme disait ma pauvre mère : Alphonse, le pauvre Tonin qui nous a quittés l'année dernière, Casimir, Baptiste, Félicien et moi.

— Tu n'y étais pas, Jérémy ?

— Ah, si tu arrives à lui faire dire un jour où il était passé à ce moment-là, tu auras de la chance, Amédée. Moi, ça fait près de cinquante ans que j'attends, mais je ne désespère pas.

Tout ce que je peux te dire, c'est qu'il a disparu durant quelques semaines. Mais chut, c'est mystère et boule de gomme. Et des gommes bien dures, comme celles de naphtaline, pour ne pas qu'elles fondent trop vite et qu'elles conservent bien les vieilleries à l'abri des mites, dans l'ombre du secret.

— Tu le sais parfaitement que j'étais sur un bateau qui me menait en Algérie.

— Oui, ça, tu me l'as dit, mais qu'est-ce que tu y faisais ? La danse du ventre ou celle de saint Guy ?

— J'allais voir si je pouvais trouver des terres pour y planter des oliviers.

— En Algérie ? Et pourquoi tu ne l'as pas fait ?

— Rien que pour te faire parler. Mais je ne pensais pas que cela durerait encore, après tant d'années.

— J'espère que ce soir tu me l'as confié volontiers, car je ne voulais surtout pas te forcer.

— De toute façon, maintenant, c'est fait.

— Oui, si on peut dire. Car tu confies les choses par petits sachets bien pliés, collés et ficelés, pour qu'il n'y ait rien qui *s'escape* et nous livre la vérité vraie du père Bésajé !

Benjamin regarde Jérémy en coin, en souriant, alors que celui-ci reste de marbre, le visage fermé. À penser qu'il ne donnera pas d'explication supplémentaire, qu'il faudra s'en contenter. Et Benjamin, d'ailleurs, raconte sans insister.

— Avec toute l'équipe, je vous l'ai dit, nous avons décidé de faire *la Pierre*. Et que je t'envoie des cailloux sur les volets fermés des uns, sur les portes des autres, jusqu'à ce qu'on nous ouvre, que l'on nous offre le dernier verre. Verre que je ne buvais pas, pendant que d'autres ne se faisaient pas prier. Nous avions terminé les visites habituelles, quand je donnai l'idée d'aller voir ce *rascouss* d'Augustin. Il était pourtant aussi jeune que nous, mais si près de ses sous, à le faire loucher lorsqu'il les regardait. C'est pour ça qu'il ne venait pas aux fêtes. Seulement, il n'a pas voulu nous ouvrir. Et là j'ai dit aux autres : « Chiche que demain il n'arrive plus à sortir de chez lui. » Et nous lui avons coincé ses volets avec des étais et nous avons encombré sa porte par tout ce qui nous tombait sous la main. Au matin, si tu l'avais entendu crier : un véritable cochon grillé ! Il a réveillé tout le village, à croire qu'il avait mis le feu à sa baraque.

— Vous vous l'étiez assaisonné.

— Oui, on se l'était soigné aux petits oignons, Amédée. Mais comme je suis l'instigateur de l'affaire, il m'en a toujours été rancunier et le sera jusqu'à ma mort. Quand le pli est pris, tu as beau le repasser, même avec la pattemouille, il est incrusté dans le tissu à tout jamais, reste plus qu'à le jeter.

— Ensuite, tu viendras te plaindre qu'Augustin fait le délicat. Sacré Benjamin, va !

— Oh ! ce n'est qu'un grognon salé, et cela me vient naturellement, mais vous feriez de même, comme tout bon Provençal, ne me dites pas le contraire, espèces de menteurs !

Sur quoi, ils éclatent de rire volontiers, avant de vider leur verre de bon cœur. Puis Benjamin continue :

— Le pire, c'est qu'il a voulu me faire une blague à son tour. Mais une si vilaine que je ne suis pas encore près de l'apprécier. Il y a des plaisanteries qui ne se font pas, et surtout qui ne me font pas rigoler.

— Tu n'en as jamais parlé ?

— C'est vrai. Mais moi aussi j'ai mes petits secrets, Jérémy, et tu vois, tôt ou tard, on les raconte. Ne serait-ce que pour faire plaisir aux amis.

En réponse, Jérémy se contente de lui sourire, et lui poursuit :

— Un matin, figurez-vous qu'il est venu m'apporter un canard, sous prétexte que je lui laissais prendre de l'eau à ma citerne pour faire cuire ses pois chiches. Vu que c'est de l'eau de pluie, elle n'est pas calcaire, et c'est meilleur pour les pois chiches. Ainsi ils sont moins durs.

— Tout le monde le sait, tu n'as pas besoin de nous donner les détails.

— Mathieu ne le sait pas. C'est un pauvre étranger dans son propre pays. Alors, laisse-moi lui dire le minimum, que je le mette au pli sans repasser.

Après un silence et de gros yeux, il reprend, le sourire à la voix.

— Cela m'étonna tout de même un petit peu, puisque, de cette eau, cela faisait vingt ans qu'il en prenait, sans rien demander à personne. Mais bon, j'ai toujours encouragé les bonnes intentions, sans arrière-pensée, alors j'ai accepté le canard pour ne pas le vexer. Trois jours après, Louisette décide de le mettre au menu. Et là tu te rappelles ?

Il regarde Louisette, qui, revenue dans la pièce, fait oui de la tête, en souriant avec complicité, puis il poursuit :

— Il n'y avait pas cinq minutes qu'il cuisait, que nous avons été obligés de sortir de la maison, chassés par une odeur tellement nauséabonde que je me demande encore comment le Bon Dieu a pu inventer une chose pareille. Il nous a fallu une semaine pour aérer.

— Un sarret ! Tu n'avais pas reconnu un sarret, Benjamin, ce canard immangeable, avec son bec en forme de couteau à scie, et qui pue la vase ? À te croire enfermé dans un *vater-closé* jusqu'à l'asphyxie !

— J'étais jeune à l'époque. Oh, ce serait maintenant, je me méfierais. Après, par contre, je t'assure que je l'ai senti. Tant, que je ne peux plus l'oublier. Aussi, c'est normal que je lui en veuille encore.

— Oui, ce n'est pas une blague, ce qu'il t'a fait, il t'aurait plutôt donné une punition carabinée. Et lorsqu'on ne va plus à l'école, qu'on a passé l'âge, on a beaucoup de mal à les accepter sans rechigner.

— N'y pensons plus. À en reparler, je prends le goût dans la bouche et j'ai le ventre qui commence à gargouiller comme le lavoir de la Charlotte quand elle a trop fait de lessive et que le trou s'étouffe.

— Tu ne crois pas que c'est peut-être parce que tu as trop mangé que tu t'étouffes ?

— Non, moi, je crois plutôt que c'est parce que je n'ai pas assez bu. Les coups sont bons chez toi, Jérémy, mais ils sont rares.

Du coup, tout de suite, ce dernier lui sert un verre de champagne, riant avec toute la tablée.

Ainsi, la soirée va passer dans la gaieté et les souvenirs évoqués, se poursuivant un moment supplémentaire au-delà de minuit, en réveillon improvisé, déplacé, fait exprès, dans ce coin, dans ce bout de Provence oublié. Puis, avant de s'en aller, Louisette regarde Émilie et, tout en l'embrassant, fait remarquer :

— Vous le portez tout devant. Pointu comme ça, cela ne m'étonnerait pas que vous nous fassiez un garçon !

Du coup, Jérémy l'embrasse doublement : une fois pour l'au revoir et une deuxième, plus fort, pour la bonne nouvelle. Mais Émilie, prudente, rajoute :

— On verra bien. De toute façon, il n'y en a plus pour longtemps.

Et Benjamin, regardant Jérémy, de conclure :

— *Bè,* y a intérêt, parce que ça commence à être long pour tout le monde !

Sur cette taquinerie, chacun regagne sa bastide, grisé par le vin, les paroles et l'émotion du temps passé, un moment retrouvé.

Décembre 1950. À présent, l'hiver est là. Un hiver exceptionnel pour un ciel de Provence. Mais il est vrai qu'ici les extrêmes s'enlacent en belle exubérance : l'ombre avec la lumière, dans leurs contrastes si sévères ; le chaud qui mord le froid, dans ses murs, dans ses toits ; la source qui se noie dans la garrigue blanche, dans ses craquelures immenses, dans ses rides creusées. Un méli-mélo, une pelote de tricot tout emmêlée.

Ce matin, L'Épervière semble dormir derrière ses volets clos. Cependant, Faraud est réveillé, comme toute la maisonnée, et rentre de sa promenade matinale. C'est à cet instant que se fait entendre, dans la maison, un cri nouveau. Un cri qui vient de la chambre du haut. Un appel à la vie, un merveilleux présage.

Au rez-de-chaussée où il attendait, Jérémy frémit de tout son être en entendant, au-dessus, le plancher craquer. Il se précipite au pied de l'escalier, et Mathieu, se penchant sur la rampe, lui crie :

— Ça y est, il est là, il est né, papa, il est né !

— L'héritier ?

— Oui, c'est le bébé, c'est l'héritier !

Sur quoi il se retire. Puis, revenant sur ses pas, il se penche pour rajouter :

— Enfin, c'est l'héritier qu'à moitié, parce que c'est une fille, papa ! Une mignonne petite fille.

Puis cette fois il disparaît, laissant Jérémy avec sa déception. Une déception de première classe, qui lui coupe les jambes et fait bondir son cœur, avant de lui donner la dernière estocade, en assommant d'un coup tout son bonheur.

Jérémy secoue la tête, désappointé, bras ballants tapant contre ses cuisses d'un geste catastrophé.

— Ça alors ! s'exclame-t-il.

Et on sait combien, lorsqu'il prononce ces deux mots, c'est qu'il ne sait plus quoi dire. Bec cloué, bec dans l'eau ! Ensuite, il revient près de la cheminée, et, d'un geste machinal, toujours dans ses pensées, tisonne nerveusement le feu qui vient de s'achever, avant de finir par s'asseoir dans son fauteuil préféré, épuisé d'avoir perdu ses rêves, disant, cependant, sur un ton décidé :

— Je ne vais pas me laisser attendrir par cette pisseuse braillarde ! C'est bien d'Émilie que de ne pas m'avoir donné un beau gars. C'est tout exprès pour m'embêter. Comment je vais faire maintenant, sans l'héritier ? Et le nom, ils y ont pensé au nom ? Ils ne vont pas le laisser perdre ! Qu'est-ce qu'elle veut que je fasse d'une fille ?

Il reste pensif, sans bouger, face aux cendres qui s'éteignent petit à petit.

Le docteur Roumarigue est venu en fin de nuit, dans l'obscurité glaciale, et, s'apprêtant à repartir, il prend toutefois le temps d'ouvrir la porte de la grande pièce, en s'écriant :

— Alors, Jérémy, te voilà grand-père. Depuis que tu l'attendais, ce *caganis* ! Tu vois, il est enfin arrivé. Et pour un beau *pitchoùn*, c'est un beau *pitchoùn*.

— Peut-être, mais c'est une fille.

— Ça t'embêterait bien un petit peu, n'est-ce pas ?

— C'est que j'étais persuadé que ce serait un garçon qui viendrait courir dans mes jambes. Tout le monde en avait parlé. Louisette me l'avait assuré. Alors, maintenant, va falloir du temps pour s'y habituer.

— Tu sais, les filles, ça court pareil que les garçons, et ça jacasse encore plus.

— Oh, elles ne font surtout que pleurer, ou faire des manières. Je le sais, j'en ai eu un bon exemple avec Irma à supporter, et qui m'a cassé les pieds la première, sans plus jamais s'arrêter.

— Allons, allons, va au moins la voir, je suis sûr que ça te fera changer d'avis. Moi, je pars vite, que l'on m'attend chez les Ferrier pour la grand-mère. Tu vois, le Bon Dieu fait très bien les choses : un qui s'en va, un qui arrive. Il ne laisse jamais une place vide bien longtemps. Il doit y avoir un compte à respecter, là-haut. Un vieux boulier qui ne perd pas la boule, je peux te l'assurer !

Il enfonce son chapeau, enfile ses gants, avant d'ouvrir la porte en précisant :

— Je repasserai dans la soirée, voir si Émilie se remet lentement.

Enfin il sort en courbant la tête, surpris par la blancheur du paysage. Il a neigé toute la nuit, comme un beau présage. Jérémy regarde l'horloge : il est six heures, le jour va naître à son tour, dans son cycle d'amour. Il se lève, s'étire, soupire et va se faire chauffer une larme de café pour se consoler. Soudain, Mathieu vient le rejoindre et remplit à son tour une tasse tout en parlant joyeusement, très excité :

— Quelle nuit ! On va s'en souvenir.

À petites gorgées il avale le liquide brûlant, et, entre deux pensées, lance de longs soupirs. Ses yeux brillants veulent en dire long sur tout son bonheur de l'instant, l'émotion de son cœur.

Jérémy, lui, tourne la cuillère dans sa tasse, les yeux perdus dans une grande réflexion. Finalement, il demande :

— Comment elle va s'appeler, cette petiote ?

— C'est vrai, on a été si bousculés qu'on n'y a plus pensé. Tu te rends compte !

Jérémy lève les yeux et les épaules au ciel, avant que Mathieu ne réponde :

— Émilie voulait Mauricette, mais moi je préférerais qu'on lui donne le nom de maman.

— Mauricette, c'est bon pour les gens de la ville. Quant à Claire, sa grand-mère n'a pas besoin de cela pour qu'on se souvienne d'elle. Alors on l'appellera Alixia.

Il a dit cette phrase d'un trait, pour ne pas qu'on l'interrompe, et comme pour s'en débarrasser.

— Alixia ? Mais d'où tu sors un nom pareil ? C'est une drôle d'idée, papa.

— Ah, vous n'allez pas continuer encore longtemps, tous les deux, à me contrarier. Émilie ne m'a déjà pas donné un garçon ; toi, tu ne vas pas lui donner un nom que je ne pourrais pas dire !

— Et c'est maintenant que tu en parles ?

— Bien sûr, puisque jusque-là on ne m'a rien demandé.

— Alixia... Remarque, peut-être que tu as raison, pourquoi pas Alixia...

Et il répète le prénom plusieurs fois, tout en regardant le plafond, pour conclure, satisfait, voire conquis :

— Après tout, ce n'est pas si mal. Cela ne manque pas d'une certaine poésie. Je suis sûr qu'il va plaire à Émilie.

Et Jérémy souffle entre ses dents :

— Manquerait plus que ça, qu'il ne lui plaise pas !

Sans attendre, Mathieu grimpe l'escalier, en criant :

— Émilie ! Émilie ! Tu ne vas pas en revenir !

Mais impossible d'en entendre davantage : il vient d'entrer dans la chambre du premier étage en refermant la porte derrière lui.

Jérémy porte les deux tasses dans l'évier en grès brun de Provence, et sort de la cuisine en marmonnant entre ses dents :

— À présent, à nous deux, *caganis* !

Pourtant, il est près de onze heures, lorsque Jérémy tape timidement à la porte. Il lui a fallu tout ce temps, pour mettre son poing dans la poche, pour étouffer le reste de son ressentiment. Là, passant la tête, il s'adresse à Émilie :

— Et bonjour, je viens faire un peu le curieux. Il paraît que nous avons de la visite ?

Il s'approche du grand lit, embrasse sa bru sur le front et, tapotant sa main blanche :

— Vous nous avez fait un beau petiot, paraît-il.

— Vous n'êtes pas trop déçu ?

— Vous avez fait ce que vous avez pu, *pavré*, je ne peux pas vous en vouloir. Et puis, la prochaine fois, vous vous appliquerez un peu mieux avec Mathieu.

Émilie lui répondant d'un sourire, il rajoute pour la rassurer tout à fait :

— De toute façon, Roumarigue m'a assuré que, les petites filles, cela courait aussi bien que les garçons. Alors je n'ai pas perdu grand-chose, à part le nom de famille, tant pis.

Elle rit avec lui, puis redresse le bébé, chatouille son menton pour qu'il se réveille, mais il n'ouvre point les yeux. Avec hésitation Jérémy le prend dans ses bras, s'assoit sur le rebord du lit tout en essayant de lui parler avec douceur, pour qu'il n'ait pas trop peur.

— Où avez-vous trouvé un si joli prénom ? lui demande-t-elle.

Et elle le répète avec attendrissement :

— Alixia…

Sans la regarder, il lui répond :

— Cela restera mon secret pour l'instant. Mais un jour je vous raconterai. Elle aura le droit de savoir.

Émilie n'insiste pas davantage, et lui s'extasie cependant :

— *Qué* belle *pitchounette* !

Enfin, il la repose dans son berceau tout en dentelle et sort en tirant doucement la porte derrière lui. Mathieu, pendant ce temps, est revenu sans bruit, et, immobile près du lit, il regarde Émilie avec un sourire qui lui mange toute la figure.

Une fois au rez-de-chaussée, dans le hall, Jérémy prend son grand manteau gris, met son chapeau, noue une longue écharpe de laine et va tout de suite à La Bastide, annoncer la bonne nouvelle.

Louisette et Benjamin, qui ont vu venir Jérémy, l'attendent sur le pas de la porte, en demandant :

— Alors ?

Pressant le pas, il leur annonce tout de suite :

— C'est une fille. Elle est arrivée cette nuit, enfin, plutôt en fin de nuit.

— Une petite fille ? Comme je suis contente ! Cela me fait tant plaisir, que chez nous il n'y a que des garçons. Tout s'est bien passé, je pense ?

— Oui, oui, Louisette, tout le monde va bien.

— Qu'est-ce qui se passe ? se plaît à redemander Benjamin, toujours taquin.

— Je suis grand-père d'une petite Alixia, déclare Jérémy avec fierté.

— Alixia ? *Qu'ès accò* ? C'est bien de ton fils et ses écritures, que d'avoir choisi ce nom sorti de je ne sais où. Alixia, tu dis ?

— Tu peux te moquer. Ton dernier s'appelle bien Yoann. Tu crois que c'est plus beau ?

— Certes, c'est un peu original, mais c'est le choix des parents, faut bien le supporter. Et puis ça se prononce aussi bien que Jules ou Jérémy.

— Elle s'appellera Alixia, c'est ni turc ni chinois, et ce n'est pas difficile non plus. Quant au prénom, pour ta gouverne, ce n'est pas Mathieu qui l'a choisi, c'est moi.

— Alors, à l'occasion, tu m'expliqueras. C'est encore un de tes petits secrets que tu gardes toujours dans un coin retiré, rien que pour m'enquiquiner.

Sur ce, ils rentrent tous les trois, mais Benjamin reprend, pour le faire bisquer :

— En tout cas, Émilie t'a bien eu en te donnant une fille, toi qui étais certain que ce serait un garçon.

Jérémy ne répond pas, mais trinque volontiers, car Louisette n'a point tardé à sortir les verres et la bouteille de vin vieux, afin de fêter l'événement. Et tant pis si ce n'est pas un garçon. Il faut bien, maintenant, se faire une raison. Après tout, il ne vient pas des *Galeries Farfouillette*, alors on ne peut pas l'échanger s'il ne plaît pas. On se l'*empègue* sur l'estomac sans discuter et puis voilà !

*
* *

L'hiver, bien installé, va montrer de basses températures, des températures assassines, du gel dans les fossés. Puis la nuit de Noël changera de mine, se vêtira d'un beau ciel d'apparat, d'un velours noir, piqué de mille éclats de diamants qui scintillent, de feux de joie qui pétillent. Feront aussi leur apparition toutes les crèches, tous les santons, toutes les traditions qui se dépêchent de danser en petits pas secrets, en entrechats, en sauts croisés, ourlés d'amour et de mystère. Cela animera L'Épervière durant quelques jours, avant de disparaître, tel un petit discours qui se fond lentement dans le souffle du vent. La neige ne reviendra pas, ayant trouvé le chemin des montagnes, qui, sans une hésitation, l'ont accaparée. Depuis, ici, sa cape se déchire, se fripe en vieux chiffon, semant des oripeaux dans toute la campagne qui reste ainsi transie et, de force, au repos. Ces *pétons* d'argent, semés à la volée, maigres poignées de sel, d'avoine ou de froment dans les sillons des champs, égrènent leurs chapelets parcimonieusement. Bientôt, la saison se défigurera, changera de vêtements, le ton de ses cheveux. Ses lèvres s'arrondiront d'un sourire printemps, bordé de blanc, celui des pétales des fleurs d'amandiers qui s'épanouiront. Pourtant, en attendant, Jérémy perd quelque peu patience, enfermé ainsi dans la maison. Alors, convaincus de leur impuissance face aux éléments venus cette année tout droit du pôle Nord, les deux compères décident néanmoins d'aller en promenade à la colline du Garret, jusqu'au *poste* de Benjamin. Ils ne vont y passer que quelques minutes, au risque, sinon, d'être transformés en glaçons. Et pas de ceux que l'on met dans le verre d'apéritif, mais de ceux que l'on trouve sur la banquise, et dont se servent les pingouins pour se fabriquer des esquimaux glacés. Aussi la visite est-elle brève : un tout petit verre de *blanche*, et hop ! Ça y est, on referme déjà la porte à clé. Pas le temps de manger les brousses du Rove ou de beaucoup blaguer. Les voici déjà de retour, les joues cartonnées par le froid, les doigts gelés, malgré leurs gros gants de pilou. Ils reprennent ensemble le chemin des bastides qu'ils pourraient suivre les yeux fermés, tant ils le connaissent par cœur, dans ses moindres détails de fractures, de bosquets de pins, de touffes d'*argelas*, de *pignes*, de glands, etc. ; tant ils apprécient ses touffes de thym toujours si parfumé ou bien ses boules de fenouil ouvertes en parapluie, ou plutôt en ombrelle, avec quelques perles au bout de leurs fines baleines. Ils pourraient en parler en prose ou bien en rimes, en discours ou en poème, sans sauter un vers ni une ligne, parce qu'ils le savent sur le bout des doigts de leur affection et de leurs rides.

Mais durant ce pamphlet, le chemin besogneux a continué d'avancer, et, passé le dernier virage qui se tord le cou pour le prendre bien large, le village soudain apparaît, montre ses premiers toits, tous tomate, ficelle ou pain brûlé, jetés à la volée, comme un jeu de cartes étalé. De légères fumées grimpent droit vers le ciel, sur de longues échelles invisibles, inventées, tels des coups de pinceaux que donneraient les ailes d'un oiseau qui, parfois, frôle du bout de ses rémiges la toile blanche du tableau. Si les excès de cette saison sibérienne coupent l'air de leur lame d'acier, ils n'arrivent pas, toutefois, à leur couper carrément le sifflet, la conversation. Qui le pourrait, ma foi ?

— Jérémy, puisqu'on arrive au cimetière et que tu as des confidences à faire à ta Claire, je vous laisse tranquilles tous les deux. Je t'attendrai sous le cyprès, au creux du mur. J'espère que je serai abrité de ce satané mistral. Et pour peu que le soleil veuille forcer sur ses rayons, je crois que je ne serai pas trop mal pour patienter. Mais ne tarde pas trop tout de même, si tu ne veux pas me retrouver transformé en ours gelé de Sibérie, ou bien, tout bêtement, en un santon d'Aglietti.

— Je fais juste l'aller-retour. J'en ai pour deux secondes.

— Oh, je te connais par cœur, ce sont des secondes de menteur !

Jérémy baisse la main sans répondre, faisant mine de faire taire Benjamin ou de ne pas pouvoir changer le cours des choses.

Le cimetière de Démourge n'est pas triste, sévère ou abandonné. Son petit muret, ni rond ni carré, est bien fermé pourtant en boucle blonde, en tirebouchon. Il est doré par le soleil, presque, une couronne des rois, une grosse pogne, avec son sucre perlé que font les petites pierres posées. Une pierre qui, dans la réalité, est rongée par la pluie, le gel ou le mistral furieux, débridé, malicieux, qui s'y frotte et s'y cogne sans arrêt. Par endroits, ce mur est envahi par la mousse et le lierre frisés, qui le prennent d'assaut chaque année, en guerriers, sans lui laisser le dernier mot, mais en le gardant prisonnier dans leurs serres. Ce muret n'est point là pour séparer les morts du monde des vivants, comme dans les villes. Il existe surtout pour donner un peu d'intimité à la campagne provençale qui s'étale à ses pieds. Car si l'on sait où elle commence, on ne voit pas très bien où elle peut finir, courant, telle une folle, au bout de l'infini, c'est-à-dire la première colline qui fait le gros dos. Perché sur un petit mamelon, le cimetière domine ainsi toute la plaine de Mossand et se rappelle au souvenir de ceux qui restent, qui cultivent, plus bas, tous les champs de courgettes, d'aubergines, de tomates et de poivrons. Une ratatouille de saison, qui se prépare, qui se cuisine dans un grand tian de terre rouge vernissé. Les cyprès noirs, soucieux du repos des âmes qu'on leur a confiées, froncent leurs sourcils, ne font point de sourire ni de conversation, malgré le vent qui essaie de les troubler, en faisant balancer quelques herbes à leur pied pour leur faire des chatouilles. Malgré tout, ils restent imperturbables, sans rire, en fruits confits. De fait, le *Pointu des Alpilles* est sérieux et joue ici les gros cierges d'église qui font monter aux cieux les prières des uns et les serments des autres, en flamme singulière qui jamais ne s'épuise.

Jérémy s'approche de la tombe grise, pour murmurer comme il le fait toujours en ces lieux.

— Bonjour, ma bonne Claire. Je passais par là, avec Benjamin, puisqu'on revient de son poste, aussi j'en profite pour venir t'annoncer une bonne nouvelle. Oh, tu la connais déjà, les choses vont si vite là-haut. En tout cas, plus vite qu'en bas. Parce qu'ils en ont mis un temps, les enfants, tordant le cou à ma patience et la laissant raide morte, sans que je puisse la ranimer.

Il hésite, avant de poursuivre :

— J'étais en colère, c'est vrai, de ne pas avoir un petit-fils. Tu l'as vu, et je sais que tu as dû me rouspéter après, même si je ne t'ai pas entendue. Mais rassure-toi, cette petite Alixia, je l'aime déjà beaucoup, parce que sans tarder elle a remplacé la solitude qui plombait mon cœur depuis ton départ.

Il tape sur sa poitrine, avant de poursuivre :

— Le voilà qui se regonfle de tendresse, et j'avais oublié combien cela pouvait être doux. Alors, à présent, ce n'est pas que tu me manqueras moins, ma bonne, mais c'est qu'un vieux et un petiot, ça se comprend toujours… Je sais aussi que tu seras contente que j'aie tenu à l'appeler Alixia. Et ça, je l'ai fait tout exprès pour toi. Ainsi, elle aura le même nom que cet enfant que tu as porté quelques mois, mais qui n'a pas vécu. Tu voulais l'appeler Alixia, tu m'en avais parlé et cela m'avait plu.

— Oh, Je-Je-rémy, vous parlez te-tout seul, me-main-tenant ?

— Bonjour, Bégule. Tu vois, je discute un peu avec ma femme.

— Hè be-bè, com-comme ce-ça, ve-vous vous êtes se-sûr que qu'elle ne vous con-contre-dira pe-pas.

Bégule sourit béatement, puis s'en va, sans se retourner. Jérémy, point du tout troublé, remarque en haussant les épaules :

— Faut pas y faire attention, il n'est pas méchant, ce n'est qu'un *babaoù*, un benêt, et bègue par-dessus le marché !

Puis, après un petit silence, il reprend sa conversation interrompue :

— Si tu avais vu Mathieu ? Il était fou de joie.

Et prenant soudain les yeux rêveurs, perdus dans un autre temps, ailleurs, il poursuit :

— C'était la même chose pour moi, lorsque tu m'as annoncé, en chemise de dentelle : « À l'automne, Jérémy, nous aurons une petite fille que nous appellerons Alixia. » Une petite fille... C'est si loin tout ça. Et maintenant, voilà qu'elle est là. Où est donc passé tout ce temps ?

Il hoche la tête, le cherchant, ce temps, au fond de sa mémoire, pour voir s'il n'a rien oublié, ou si tout s'est échappé dans les ailes du vent de l'histoire.

— Peut-être que là-haut tu as eu la chance d'apercevoir cet enfant dans un coin du ciel, attendant quelqu'un de la famille. Ainsi, tu vois, nous aurons chacun la nôtre, un moment.

Après un dernier soupir, mais sans perdre son sourire, il dit :

— Bon, faut tout de même que je te laisse, Benjamin m'attend, et je ne voudrais pas qu'il attrape le mal de la mort. Et puis il est presque midi, alors il faut que je rentre ou je vais avoir droit aux longues *brigues* de Maria. Et tu sais combien elle sait bien les faire, surtout avec moi. À croire qu'elle me les réserve, qu'elle me les choisit en catimini. Allez, adieu, ma bonne Claire ! Bientôt je reviendrai te voir.

Jérémy referme derrière lui le portail qui grince un peu, semblant, à sa façon, dire un au revoir, un adieu. Enfin, retrouvant Benjamin, il lui demande en élevant la voix :

— Tu dors ?

Et l'autre se relève en soupirant :

— Comment tu veux que je dorme avec le froid qu'il fait ! Pas possible, tu lui as raconté un roman à ta Claire ?

— Qui sait ? Peut-être bien. Tu me connais, j'aime beaucoup rentrer dans les détails.

Croisant les bras, Benjamin se tape vigoureusement le buste pour se réchauffer, tandis que Jérémy lui demande :

— Alors à quand ?

— Quand tu veux. Tu connais le chemin de La Bastide.

— Ces jours-ci, cela ne va pas être facile avec la préparation du baptême, et puis Irma doit arriver.

— Oh, alors, si Irma arrive, je comprends que tu n'aies plus envie de me voir. Parce que peut-être que nous, on se chamaille, mais avec Irma, pardon, vous battez tous les records !

Jérémy ne relève pas la remarque et préfère continuer :

— Je passerai pour venir te dire le jour de la cérémonie, puisque je dois voir M. le curé. N'oublie pas que c'est Robert le parrain.

— Oui, je leur en ai déjà parlé. Ils sont d'accord, mais ils viendront sans les enfants, Eric a attrapé les oreillons.

— Oh ! la la ! Dieu garde ! Les oreillons, ce n'est pas de la rigolade, surtout pour un garçon. Il faut bien lui *empaparouner* les coquillettes. Et attention que Yoann ne l'attrape pas ! Oui, il vaut mieux qu'ils restent tous les deux là-bas, ils pourraient apporter les microbes à la petite.

— On se rattrapera pour la communion.

— Eh *bè*, *sian pan cà* !

— Et non, comme tu dis, ce n'est pas encore là. Mais avec les enfants, c'est pire qu'avec le temps, on ne peut jamais rien prévoir à l'avance. Allez, rentre bien.

— Toi aussi.

Jérémy reprend doucement ce chemin qu'il découvre encore, cet endroit étant pour lui le plus beau du monde. D'ailleurs, à cette seconde, par sa lumière et ses couleurs, on serait prêt à le croire sur parole.

*
* *

Jérémy attend depuis un quart d'heure à l'arrêt du trolley, sur la grande route nationale. En effet, Démourge se trouve perdu dans la campagne, et le seul moyen d'aller à la ville, c'est de prendre le car ou le trolley. L'air est vif, le ciel d'un bleu cru, avec un long nuage en plein milieu, allongé de son mieux, telle une arête de poisson qui s'étale de tout son long. Dès qu'un bus ralentit, Jérémy sort précipitamment de sa cachette, c'est-à-dire de l'abri que lui fait le dos d'un grand transformateur électrique de couleur *oreillette,* un beignet frit. De là, il guette, inquiet, à la fois la porte arrière du véhicule et celle du milieu, qui s'ouvrent en même temps en deux. Trois trolleys sont déjà passés. Le premier, Jérémy l'a vu s'en aller, juste comme il arrivait. Le second ne s'est point arrêté, poursuivant sa route vers une autre destinée ; le troisième n'a laissé descendre qu'un vieux monsieur avec un gros panier recouvert d'un torchon immaculé et une femme corpulente, accompagnée d'une gamine habillée en dimanche, portant de longues anglaises tirebouchonnées. Pour prendre patience, en attendant l'arrivée du prochain, pour se réchauffer le bout des doigts, les mains, Jérémy allume sa pipe et dit tout haut, pour les oiseaux :

— Mais qu'est-ce qu'elle fabrique ? Elle le fait exprès, ma parole, de me laisser une heure planté !

Il est vrai qu'à onze heures pétantes Émile, l'épicier, doit venir avec la camionnette pour les ramener tous les deux à L'Épervière. Car c'est Irma qu'il est venu chercher ce matin, et, pour ne pas changer, elle n'est pas encore là, alors que c'est la demie de dix heures.

— C'est bien une femme, va : toujours en retard, jamais pressée. Si elle n'a pas manqué celui de moins le quart, ce sera mal qu'à moitié, s'impatiente-t-il à nouveau.

Il continue à faire les cent pas, tirant de sa poche, toutes les cinq minutes, sa grosse montre en argent, où la grande aiguille avance un peu trop vite sur le cadran. Parfois, il se penche, se plie en deux, malgré cette douleur au bas des reins qui le taquine tous les matins, et qui descend à présent jusque dans ses jambes.

« Le temps va changer. », lui a dit Maria lorsqu'il s'en est plaint. Mais cela ne l'a point rassuré, même si le ciel avait de grandes traînées qui ne laissaient rien augurer de bon.

Pour l'instant, il reste tourné du côté gauche de la chaussée, en direction de Zaï, comme il se dit en provençal : en direction d'Aix-en-Provence ; ou bien, pour garder patience, il regarde, de temps en temps, du côté droit qui file vers Marseille, la capitale phocéenne, mais qui, aujourd'hui, ne le concerne pas. Il fouille ainsi l'horizon, car, lorsqu'il est de sortie, Jérémy ne porte pas de lunettes. Un réflexe de coquetterie qui lui fait plisser les yeux et, à force, multiplie ses rides. Tant pis pour lui, il fera donc un peu plus vieux ! Il prend également grand soin à ne pas dépasser la ligne que fait le bourrelet de graviers noirs, au ras du goudron. Jérémy reste prudent, voire méfiant vis-à-vis de ces innovations, ces trolleys qu'il commence pourtant à connaître, mais qui ne lui inspirent aucune confiance avec leurs gros yeux de mouche *gobés,* leurs antennes de papillons dressées, et ces accordéons sur les hanches, qui ouvrent leur soufflet. Mais il n'est plus temps de comparer cet animal étrange avec le trolley, car en voilà un qui arrive et on peut le voir venir de loin. Il est de couleur beige et orange, se détachant au bout de la ligne droite grise. Il grossit de plus en plus, puis ralentit tout en sortant, telle une langue, une longue flèche rouge qui monte, qui descend, main triste ou gaie dans ses battements, disant bonjour ou au revoir à celui qui attend.

Lorsqu'il s'immobilise devant lui, Jérémy, inquiet, dit en regardant :

— Pourvu qu'elle soit là…

Les portes s'ouvrent dans un long pfuitt : petit cri d'espérance et soupir de soulagement.

— Ce n'est pas trop tôt ! s'écrie-t-il.

Mais tous les voyageurs vont le regarder en riant, lorsqu'il s'exclamera, en tapant le plat de sa main sur son front :

— Oh ! Bonne mère !

Parce que, effectivement, Irma descend les hautes marches du trolley, pour poser à ses pieds, avec précaution, des paquets plus ou moins gros, que deux passagers lui font passer, mais qui sont très nombreux. Et Jérémy rouspète aussitôt :

— Tu le fais exprès, ma parole ! Chaque fois que tu viens, c'est un véritable déménagement !

— Bonjour, Jérémy, il y avait longtemps que je ne t'avais pas entendu rouspéter. Cela commençait à me manquer. J'avais même oublié comment cela faisait.

— Aussi, tu me donnes toujours une bonne raison de le faire. Je n'ai pas cinquante bras.

— Ne t'inquiète pas, ce n'est pas lourd. Que veux-tu, les fêtes ne sont passées que depuis quelques jours, je n'allais pas arriver les mains vides, tout de même.

— Mais quand Émile va voir la cargaison que tu te trimballes, il va prendre peur. C'est bon pour qu'il reparte d'où il vient sans même rien nous demander. Où veux-tu qu'il le mette ? C'est une camionnette qu'il a, pas un camion de quinze tonnes. C'est bon pour lui aplatir les *peuneus*, si encore ça ne les fait pas péter. Et tout ce que tu auras gagné, c'est de rentrer à L'Épervière à pied !

Juste le temps de se chamailler encore un peu, avant de voir Émile arriver. Sans attendre qu'on l'invite, Irma a ouvert la porte de la cabine et a grimpé à l'intérieur pour vite se réchauffer. Elle s'installe sur la banquette, tout près de la place du chauffeur, faisant du genou au levier de vitesse.

Pendant ce temps, après avoir baissé la ridelle qui ferme le plateau arrière, Jérémy aide Émile à charger la montagne de cadeaux. Ainsi, les cartons d'Irma, des cartons de la ville, empaquetés avec le nœud papillon sur le gosier, parlant avec l'accent pointu, les lèvres en cul-de-poule, tout ce beau monde si distingué se retrouve pourtant assis, en compagnie des *cougourdes*, des choux pommés, des poireaux en bottes liées, qui parlent chacun dans son patois. Un mélange pareil, c'est bon pour se *pigner,* pour se batailler, et que ça finisse dans un bain de sang. Mais point d'inquiétude, ce ne serait, après tout, que du sang de navet ! Toutes les cagettes sont calées par les agréables coussins que leur font les sacs de jute brun renfermant les légumes secs : des lentilles blondes, des pois cassés, des haricots blancs. Deux autres sont restés à l'écart, précieux, ne se prenant pas pour une queue de violette, donc un peu prétentieux dans leur étiquette, parce que l'un contient une poudre blanche, fine et sucrée, tandis que dans l'autre se serrent des grains parfumés, tout l'exotisme et l'enchantement du café. Plus loin, au fond, mais aux aguets, posté devant la petite lucarne vitrée qui communique avec l'avant du véhicule, un troisième sac, rempli de riz aux yeux bridés, rieurs, dresse ses oreilles pointues, en magnifique chien d'arrêt, semblant écouter la conversation impromptue qui se déroule à l'intérieur.

— Alors, Irma, tout le temps guillerette, *pavré* ?

— Eh, mon bon Émile, la gaieté, c'est la santé, et c'est surtout plus agréable à regarder !

— Vous venez peut-être voir *lou pitchoùn gàri* ?

— Vous avez deviné, je viens voir le petit rat, le dernier-né de la famille.

— Ah, vous avez raison. Dépêchez-vous, avant que Jérémy ne l'envoie au fond du trou, tellement il en a du regret. Il vous a prévenue, j'espère.

— De quoi, grand Dieu ?

— Que ce n'était pas un garçon, *parbleu* !

— Qu'est-ce que tu racontes, Émile ?

— Dis-moi le contraire, Jérémy, que tu ne regrettes pas que ce ne soit pas un garçon.

— Au début, peut-être, mais maintenant... Et de là à la jeter dans le puits, *peuchère*, là tu exagères !

— Ne vous inquiétez pas, Émile, mon frère s'y fera. Il s'y fera comme tout le monde, même si pour lui ce sera un peu plus long. L'essentiel, c'est qu'elle soit en bonne santé.

Pendant ce temps, la voiture avale les kilomètres, et en dix minutes ils sont arrivés. Le progrès, quoi qu'en pense Jérémy, c'est tout de même bien pratique, et surtout moins fatigant que la marche à pied. Et tant pis si le teuf-teuf de la vieille machine, avec son klaxon enroué, tel un cocorico, fait s'envoler, à chaque détour de colline, une compagnie de perdreaux. C'est le progrès qui passe en grandes foulées, à ne plus pouvoir l'arrêter.

Janvier 1951. Cela fait deux jours que L'Épervière est en effervescence, animée par les taquineries journalières et réciproques du frère et de la sœur. Alors il doit se passer quelque chose d'extraordinaire, pour que ce matin on n'ait rien entendu. Pire, Jérémy a disparu de la circulation. Mathieu pense qu'il mobilise la salle de bains, perdant des heures à faire toilette et tra-la-la ; Irma le croit dans la cuisine jouant les gourmands *taste plats*, mais il n'y est pas non plus, et l'heure continue de s'effilocher, comme une belle file la laine à son rouet. Tout le monde est là : Benjamin et Louisette, accompagnés de leur fille Rosette et de son mari, Robert, le parrain. Marthe, la sœur d'Émilie, sera la marraine. Irma et Jérémy que l'on avait pressentis au départ ont refusé immédiatement, prétextant, d'un commun accord pour une fois, qu'il fallait laisser la place aux jeunes maintenant.

Mais Mathieu, n'y tenant plus, se plante au pied de l'escalier, suivi par tous les autres invités, et crie :

— Tu viens, papa ? Il ne manque plus que toi. Cela fait une heure que nous sommes prêts. On va finir par partir sans toi !

Mais point de réponse. Par contre, Alixia se met à pleurer. Ce qui va exaspérer davantage son père.

— Dire qu'il nous fait une vie du diable, si par malheur on le fait attendre une seconde de trop, tandis que lui prend tout son temps comme si c'était son jour de repos.

Enfin, Jérémy apparaît.

— Où étais-tu passé ? lui demande Mathieu.

Il ne répond pas, arrangeant pour la centième fois la pochette enfilée dans la petite poche qui tient compagnie au revers de sa veste. Il porte un costume gris sur une chemise blanche, une cravate bleu marine finement rayée, un chapeau mou, du même ton, et à la main, surprise et nouveauté, une longue canne noire au pommeau d'argent représentant une tête de bélier. « Mon signe du Zoo », dit-il, pour se moquer de Maria qui lit, tous les matins, dans le journal, les prédictions de son horoscope. En fait, il s'agit là du cadeau inattendu de tante Irma pour Noël. Et pour une fois il en est très fier. En vérité, Jérémy était allé voir Émilie pour se faire admirer. Et on le comprend et on lui pardonne, parce qu'il est beau comme un astre qui trône dans la nuit ! D'ailleurs, au pied de l'escalier, ce ne sont que des exclamations, des compliments de la part de toute la famille réunie, devant une si belle prestance.

— Jérémy, on dirait M. le maire. Il ne te manque plus que l'écharpe tricolore !

— J'accepte le grade, et, pour vous faire plaisir, j'irai même jusqu'au préfet si vous voulez.

— Eh non, tu n'as pas les galons sur la casquette ni sur les poignets, plaisante Benjamin.

— Allez, allez ! On contemplera, pourquoi pas, le président de la République, s'il le faut, mais plus tard. Pour l'instant, il faut partir, ou c'est M. le curé qui va venir nous chercher. Et là on sera bon pour se payer un prêche du dimanche carabiné, si ce n'est pas un tour à confesse pour avouer ce péché de paresse ! D'ailleurs, il y a un moment qu'Alixia s'impatiente, elle doit mourir de chaud, cette pauvre petite, couverte comme saint Georges.

Le temps de cette longue réplique de Mathieu, et Jérémy les rejoint dans l'entrée. Avec un large sourire, Émilie les regarde partir, car elle n'assistera pas à la cérémonie. Usages de femme ; coutume du pays, qui veut qu'elle reste à la maison, qu'elle ne sorte pas jusqu'à ses relevailles. Des traditions qui persistent et qui suivent ainsi les générations.

Le temps le permettant, le village n'étant pas très loin, c'est à pied qu'ils se rendent à l'église de Démourge. À cette occasion, les cloches se mettent à sonner, s'éparpillant dans la campagne, en petites courges qui roulent, faisant cliquer leur tambourin, leurs bracelets.

— *Dinguédéron ! Dinguédéron !* disent les cloches et chante Jérémy.

Alixia, dans les bras de son parrain, ne comprend pas encore l'astuce de cette populaire taquinerie, où M. le curé voudrait bien que ses ouailles lui lancent beaucoup de sous, des *ronds*, en les faisant *dinguer*, sonner, sur le plateau de cuivre que le bedeau fera passer au moment de la quête, avant la communion. « *Dinguez des ronds ! Dinguédéron !* »

Le printemps est encore loin, et c'est le froid, en cette fin de matinée, qui fait sortir de chaque bouche bavarde de petits nuages de fumée qui se fondent dans l'air coupant, tel un nuage de lait dans une tasse de thé brûlant. Ils vont traverser ainsi le village, le cortège s'animant joyeusement, lorsque soudain arrive une bande d'enfants qui se mettent à crier :

— Parrain, envoie ! Parrain, envoie !

Une autre coutume de Démourge en Provence, que de réclamer ainsi des piécettes lors des baptêmes.

— *Peirin manda ! Peirin manda !* s'égosillent-ils, en français et en patois.

Mais Jérémy interrompt tout le monde de sa grosse voix.

— Cela suffit ! Tout à l'heure vous pourrez vous en prendre au parrain si vous voulez, et je vous promets qu'il ne sera pas radin, parce que je lui ai fait la leçon ce matin. Mais laissez cette petite être au moins baptisée.

Ainsi arrivent-ils à l'église, Alixia vêtue d'une longue robe blanche brodée de dentelles, coiffée d'un bonnet assorti, enveloppée dans un châle crocheté, le tout, cadeau de sa marraine. La chapelle, tout autant, est enroulée dans des parfums de fleurs et d'encens. Mais Alixia ne s'en apercevra pas, dormant dans les bras de Marthe, jusqu'à la fin de la cérémonie. Sauf lorsque M. le curé la baptisera pour de vrai, où là elle se mettra à pleurer, réveillée en sursaut par l'eau bénite qui coule sur son front.

— C'est le diable qui s'en va, précisera alors Benjamin, perpétuant ainsi la parole des anciens.

Ce qui fera sourire, comme chaque fois, le *capelan* qui prononcera des phrases en latin auxquelles personne ne comprendra rien. Mais, bercée par cette mystérieuse litanie, Alixia va se rendormir, débarrassée enfin de tous les mauvais esprits.

Une fois dehors, sur la place, les gamins se précipitent vers eux, en criant à tue-tête, encore plus fort qu'avant, tout en faisant de grands gestes.

— *Peirin manda ! Peirin rascous ! Lou pitchoùn vingue gibous !*

— Que disent-ils ? demande Marthe, la sœur d'Émilie, en bonne citadine.

Et Jérémy lui répond :

— Parrain, envoie des sous ! Parrain, sois pas radin ou le petit sera bossu ! Mais c'est bon aussi pour la marraine, vous savez. Alors vous pouvez y aller pour conjurer le sort, sinon vous n'avez pas fini de nous entendre vous le reprocher toute votre vie.

Sur quoi, non seulement Robert et Marthe, mais Mathieu, Jérémy, même Benjamin et Irma lancent des pièces de monnaie aux enfants du village radieux, qui les ramassent, empressés. Ils courent tout autour d'eux, avant de s'enfiler dans une rue étroite et de se faufiler jusque derrière les barrières en bois du jardin Cantini, en petites souris, en hirondelles du printemps. Sous le ciel bleu, il pleut des pièces de monnaie, et quelle joyeuse pluie de partout ! Plus il en pleut, plus les enfants sont contents et crient d'excitation. Ainsi, c'est en leur compagnie qu'ils sortent du village, avant que les galopins ne disparaissent dans un coin, à l'abri d'une cour, pour s'asseoir sur l'escalier et compter leur trésor. Ils vont se le partager, en essayant d'être équitables, de ne pas se faire rouler par les plus grands, par les plus forts, ou encore par les plus rusés.

Cette fois, Alixia dort tranquille dans les bras de Rosette. C'est toujours ainsi que l'on procède : la femme du parrain, appelée pour l'occasion *la Porteuse,* est chargée de ramener à sa mère la nouvelle baptisée.

Voilà, à présent, tout le monde est rassuré : grâce à la générosité de toute la famille, Alixia ne portera pas la marque d'un parrain *rascouss,* qui aime tant les sous qu'il n'aura pas eu peur de faire pousser dans le dos de sa filleule une *gibe* bien lourde, une bosse remplie de toutes les pièces de monnaie qu'il n'aura pas voulu lancer aux beaux enfants du village, le jour de son baptême.

Ainsi, en petite procession, ils regagnent L'Épervière où attendent Émilie et Maria qui ont préparé le repas : un véritable festin. Ensuite, toute la journée, le vin s'échangera du blanc au rosé et du rouge au pétillant. Quant à Jérémy, il sera tellement occupé à lever son verre à la santé de sa petite-fille, à rire et à parler avec Benjamin et Amédée, qu'il en oubliera la présence de sa sœur Irma. Il n'y aura donc point de colère aujourd'hui sous ce toit. À croire que l'eau bénite de M. le curé a quelques effets apaisants sur le caractère impétueux du grand-père. Pourtant, cela ne durera guère. On peut lui faire confiance, malgré la complicité de tous les Esprits saints.

*
* *

Faraud va finir par perdre patience, en attendant qu'Alixia grandisse et joue avec lui dans la cour, aux beaux jours de l'enfance. Pourtant, elle s'y trouve souvent, mais là-haut, dans les bras de son grand-père, ou enfermée dans cette boîte à chaussures à roulettes, avec un chapeau dessus, enroulé dans des voiles de tulle qui ne laissent rien apercevoir, sinon une petite chose minuscule qui n'arrête pas de gigoter. Il peut entendre sa voix, aussi petiote que celle d'un rouge-gorge, mais les rares fois où il a essayé de s'approcher, de poser ses pattes sur le rebord pour écouter, pour l'apercevoir, pour *espincher*, on l'a fait redescendre aussitôt. Pauvre Faraud ! Décidément, la vie a bien changé pour tout le monde.

Émilie ne sait plus où donner de la tête, entre les langes et les tétées, malgré la bonne volonté de Mathieu, qui, pour sa part, est devenu inquiet, ne faisant que répéter :

— Fais attention, voyons, tu vas lui faire mal. Elle est fragile, tu pourrais lui casser quelque chose.

Mais Alixia est toujours intacte, puisque Mathieu la prend pour une poupée en porcelaine et Émilie pour une en caoutchouc. Il n'y a que Jérémy qui la prend pour une poupée tout court, ce qui, du coup, ne l'intéresse guère. Mais ce ne sera que passager, parce que les années vont couler, aussi vite que l'eau qui jaillit du bec de la fontaine, que celle qui sort du robinet. Ainsi vont-ils rattraper le temps perdu. Ils y mettront même les bouchées doubles, avec des dents bien pointues. Pour cela, on peut faire confiance à Jérémy, et peut-être aussi à Alixia, si jamais le *caganis* avait de qui tenir ? Mais ça, c'est l'avenir qui le dira, à moins que Maria n'aille regarder tout de suite dans le marc de café !

Décembre 1970. Le gâteau est beau ! Aussi gros qu'un paquebot ! Et les bougies brillent autant que les larmes de joie dans les yeux d'Alixia.

— Vingt ans déjà ! soupire Benjamin.

— Oui, le temps a couru d'arrache-pied. Plus vite qu'un lapin qui me verrait planté derrière mon fusil en train de le viser, et qui s'imaginerait tout de suite faire *saucette* dans un civet ! confirme Jérémy, l'œil malin.

— Après tout, qu'est-ce que vingt ans dans l'éternité ? rajoute encore le premier, prêt à philosopher.

Mais Jérémy le ramène à la réalité.

— Oh, c'est tout de même beaucoup, parce qu'avec cette petite il s'en est tellement passé depuis que, si on voulait tout raconter, cela remplirait vingt tomes bien épais, pires que ceux du *Dictionnaire raisonné des sciences, des arts et des métiers*, de Diderot et d'Alembert !

— Parce que tu les connais ? Tu les as alignés sur les étagères de ta chambre à coucher ?

— Non, mais j'en ai entendu parler et je peux très bien me les imaginer.

En effet, les pages ont tourné sans laisser le temps à Alixia de les compter, de les feuilleter à son aise. Comme toute jeunesse, parfois elle aurait bien voulu en sauter quelques-unes, ou rester plus longtemps sur d'autres, les rallonger ou les relire à satiété, ne pouvant pas les réécrire, puisque ces pages-là ne s'effacent jamais, ayant été tracées à l'encre indélébile.

En même temps, Jérémy a pris bien des cheveux blancs et une longue moustache d'argent, comme son compère. Mais leur vivacité d'esprit, leur joyeuseté coutumière, sont restées intactes. D'ailleurs, aujourd'hui, assis à la table de fête où trône le gâteau d'anniversaire du *caganis*, Jérémy soupire, le rire dans les yeux, comme jadis.

— Elle a vingt ans et toutes ses dents ! Mais je ne peux plus en dire autant.

— De même, collègue, de même… Et tu verras, ce sera pire en vieillissant ! Mais au moins là, plus besoin de se laver les dents. Ainsi, on gagnera du temps et de l'argent !

Ce qui les fait rire largement, tandis que, depuis un moment, Émilie s'est installée au piano et chante pour la circonstance et le plaisir de l'assistance.

*« On n'a pas tous les jours vingt ans,*
*« Ça nous arrive une fois seulement… »*

Mathieu, aussi joyeux qu'elle, valse, ému, avec Alixia, avec cette belle jeune fille qu'elle est devenue et qu'il tient dans ses bras.

Ce matin, invitée pour l'occasion, Irma est arrivée et s'est tout de suite écriée avec émotion :

— C'est un jour à marquer d'une pierre blanche, n'est-ce pas, *Mistouffi* !

Et elle a suspendu au cou de sa petite-nièce une magnifique perle fine sertie d'argent.

Ce qui a fait commenter Jérémy, immédiatement.

— Tu aurais pu au moins lui acheter le collier ! Une perle, c'est un peu *chiche* !

— Justement, comme je sais que toi tu ne l'es pas, *chiche,* que tu es même très généreux, je t'ai laissé bien de la place sur le fil pour que tu puisses en rajouter tant que tu veux !

Mais sans tarder Alixia les a interrompus, en les embrassant tous les deux.

Pour ce jour particulier, elle a remonté ses cheveux en un chignon banane bien serré, avec juste, sur le dessus, une mèche rebelle qui semble s'échapper, le rendant par là moins sérieux. Cette coiffure dégage bien sa nuque, montrant son port altier. Elle porte aussi une jupe qui lui arrive au-dessus du genou. Une mini-jupe de forme trapèze, et à gros carreaux rouge et gris, à la dernière mode de cet hiver ; tandis qu'un tricot moulant, en jersey noir et col montant, fait ressortir ses formes, ses yeux verts et son teint resplendissant.

Mais, essoufflé, lui n'ayant plus vingt ans, Mathieu vient de s'arrêter de tourner et laisse sa cavalière dans les bras de Yoann, son fiancé. Les deux jeunes gens reprennent aussitôt leur danse, solitaires, d'un pas léger, amoureusement enlacés.

— Dis, ils sont beaux comme des acteurs de cinéma ! De ceux qui couvraient les pages de *Cinémonde*, s'exclame Benjamin.

Mais Jérémy, préoccupé, lui répond à côté :

— Tu sais, heureusement que c'est ton petit-fils, que c'est le fils de Rosette et de Robert, que l'on se connaît et que l'on s'aime bien, parce que sinon je ne lui permettrais pas de la serrer si fort, de la confondre avec son traversin. Bientôt, il va me l'étouffer ! Et puis regarde-moi ça ! Ils n'arrêtent pas de se bécoter, de se sucer la pomme, pire que des dévergondés. Ils ne vont pas fêter Pâques avant Carême, tout de même, rassure-moi !

— Ils sont fiancés, alors qui sait ? Peut-être qu'ils vont nous faire le baptême avant le mariage, rien que pour nous embêter ! Après tout, ce serait le meilleur moyen d'avoir un héritier sans devoir les supplier. Tu te souviens de ce qui s'est passé pour elle ? Il a fallu que tu en donnes, des coups de marteau, pour bien leur enfoncer l'idée dans le ciboulot, à tes enfants.

— Oh, ils restaient sourds comme des pots. Mais maintenant ce n'est pas la même chose, celui-là ne s'appelant pas Fonteclaire, ce ne sera qu'un héritier à moitié.

— T'inquiète, collègue, il ne s'appellera pas non plus Béranger, mais Guénolé, comme son père. Ainsi, tu vois, pour une fois, nous serons tous les deux logés à la même enseigne. Mais ce sera notre arrière-petit-fils tout de même. L'important, c'est qu'il unisse enfin nos deux familles, depuis qu'on l'attendait. Alors de quoi tu te plains ? On ne va pas, maintenant, tout faire capoter avec nos vieilles idées ? L'essentiel, *vé*, c'est que nous restions en bonne santé quelques années supplémentaires, afin qu'il nous appelle, cette fois, arrière-grand-père. Au moins, ce n'est pas commun, et cela risque fort de nous faire sortir enfin de l'anonymat ! le taquine Benjamin, tout en lui tapotant le bras.

— Tu parles ! Il nous appellera Papet, ce sera moins compliqué ! Mais en attendant, cela fera un grade de plus à supporter, ce qui ne va pas nous arranger le portrait.

Irma qui passe près de lui, l'entendant, lui confirme :

— Pas besoin de rouspéter ni de comploter. *L'héritier des cigales* est en train de s'envoler, va bientôt se marier, et désormais rien ne pourra plus l'arrêter, quoi que tu en penses et quoi que tu décides !

— Qu'est-ce que tu veux que je décide ? J'essaie de m'en accommoder, tout simplement. Ce qui est sûr, c'est qu'on va rester bouche bée, abandonnés comme deux vieux rats qui ont perdu leur chat ! Et cela ne va pas être facile, *sas*. On n'a pas fini de s'embêter... De se ronger les ongles à ne plus voir les doigts.

— Pour compenser, pas besoin de chercher, tu vas m'enquiquiner davantage, et, pauvre de moi, je ne vais pas cesser de souffrir ni de pleurer ! lui répond Irma en se moquant.

Soudain, le poste de radio qui trône depuis quelques jours sur le buffet de la salle à manger, le nouveau transistor flambant neuf, vient d'être allumé par la jeune fille, et c'est la dernière chanson à la mode qui leur coupe la parole sans pitié.

*« Des jours entiers à rêver, la la la*
*« Des jours entiers à s'aimer, la la la... »*

— Benjamin, voilà encore un bellâtre qui chante comme un pied ! Tu le connais ? Moi je n'y connais rien, mais je ne crois pas que ce soit Tino ou bien Charles Trenet.

— C'est peut-être ce Cloclo, comme ils l'appellent ? Ce blondinet qui est toujours en train de *bouléguer*...

— Tu m'as l'air bien renseigné.

Mais Alixia les interrompt pour les informer :

— C'est Julien Clerc, grand-père. Julien Clerc !

Devant la mimique des deux vieux, elle s'assoit à côté d'eux, puis rajoute en s'extasiant et en levant les yeux aux cieux :

— Il a une voix... exceptionnelle ! Vous ne trouvez pas ? Et il est beau... Il ressemble à Yoann. N'est-ce pas qu'il ressemble à Yoann avec ses cheveux bruns frisés ?

— Oh, s'il ressemble à Yoann, on n'a plus qu'à se taire et à l'écouter, dit en riant Jérémy.

Puis Benjamin précise :

— Mais, s'il ressemble vraiment à mon petit-fils, c'est vrai qu'il doit être beau ! Il doit être même très beau ! C'est la vérité vraie du père Bésajé, n'est-ce pas, Jérémy ?

Toutefois, ce dernier, regardant sa petite-fille, lui demande pour changer en fait de conversation :

— Fais-moi plaisir, mon *gàri*, même s'il chante bien, baisse un peu le son, qu'on ne s'entend plus parler.

Puis, se tournant cette fois vers son ami, il rajoute :

— C'est nous qui sommes vieux, mais c'est eux qui sont sourdingues ! Ah, ces jeunes, ils me font bien rigoler ! Comment vont-ils faire quand ils auront notre âge ?

— Ils feront du mime, se parleront avec les mains, parce qu'ils seront tous muets.

— Alors ce sera le monde du silence…

— Ce sera surtout la tranquillité !

Mais Alixia, vexée, les regarde avec des yeux courroucés. Aussi, prenant pitié, Benjamin lui explique :

— Mais non, *Pessuguette*, même sans le connaître, ton Julien Clerc, puisque tu dis qu'il est beau, c'est qu'il est beau. Et peut-être même qu'il chante encore mieux que Luis Mariano. C'est même clair comme de l'eau de roche !

Ils éclatent de rire tous les deux, tandis qu'Alixia finit par hausser les épaules et par rire avec eux.

Enfin, elle se lève et, au passage, prend une nouvelle part de gâteau : un bel entremets à la crème, comme elle les aime. Puis, sans complexe, elle y mord dedans volontiers, avant de boire, du bout des lèvres, sa coupe de champagne Veuve Clicquot.

Février 1973. Les années ont encore passé, toujours plus vite, toujours pressées, mais le printemps qui se prépare n'a point changé. À croire que les ans coulent sur lui, sur sa peau, comme des perles de rosée sur le doux velours des roseaux. Pourtant, les choses et les gens ne sont plus les mêmes à L'Épervière, et pour s'en persuader il suffit de rejoindre Alixia, à présent jeune épousée, vingt-deux ans bien sonnés, et mignonne à croquer. Une Alixia surprenante, puisqu'elle vient de décider de prendre la parole directement dans ces feuillets. Et en auteur improvisé, voilà qu'elle annonce :

— À présent, c'est moi qui poursuis cette histoire.

Quelle drôle d'idée ? Aurait-elle, elle aussi, quelque chose à conter ?

— Qu'est-ce qu'elle va encore inventer ? Cela m'aurait étonné qu'elle ne mette pas son grain de sel au milieu ! Bien beau qu'elle ait attendu jusque-là pour faire son cinéma. Parce qu'il faut se méfier de cette demoiselle, c'est la reine des surprises, des mystères et des gros secrets ! ne peut s'empêcher de commenter Jérémy.

— Laisse-la faire, laisse-la dire... Au contraire, peut-être qu'on va bien rigoler ! s'exclame à son tour Benjamin, tout sourire et toujours prêt à galéjer.

Finalement, puisque tout le monde est content, il ne reste plus qu'à tendre l'oreille et laisser Alixia planter son décor.

Sur quoi, tout le monde se tait, et la page se tourne encore.

*
* *

Lorsque j'étais enfant, je ressemblais à un criquet des champs, une petite sauterelle, puisque je sautais autant qu'elle tout au long de la journée. En riant, grand-père me disait souvent : « Tu es un véritable sac de puces qui n'arrêtent pas de *bouléguer*. Tu me secoues comme un prunier ! »

Moi, cela me faisait rire, et, lui tenant la main, je continuais de plus belle pour le faire *bisquer*.

Aujourd'hui, plus de vingt ans après, rien n'a vraiment changé. Je suis toujours un *boulégon*. Pourtant, je vais devoir me calmer, sans condition, car ce que l'on vient de m'annoncer va me transformer en petit loir, en paresseux, sans me laisser le choix.

À ce jour où nous sommes arrivés, le docteur Roumarigue que l'on connaissait n'exerce plus depuis des années. « Pour lui aussi, le temps a passé. Il n'y a pas de raison qu'il en réchappe, même s'il connaît toutes les combines, les prescriptions que peut lui offrir la médecine pour rajeunir comme il voudrait ! » dirait en riant Jérémy, s'il m'entendait.

C'est donc son petit-fils, Vincent, en réalité aussi un copain d'enfance, qui est venu me visiter au cours de la matinée, et tout de suite il a été catégorique. D'ailleurs, il ne plaisantait pas lorsqu'il m'a expliqué, après m'avoir examinée :

— Ce n'est pas compliqué, Alixia : ou tu restes couchée, ou je ne garantis pas de bébé à l'arrivée. Et là c'est l'ami qui te parle, pas le médecin. Étant précisé que l'arrivée pourrait se faire tout de suite et non au terminus que nous avions envisagé. Ainsi, tu aurais tout gagné, ou plutôt tout perdu. Toi qui veux rester à L'Épervière pour accoucher, tu risquerais de partir illico, direct à l'hosto. Alors, qu'est-ce qu'on fait ?

Devant ma mine déconfite, il a rajouté tout de même, pour me réconforter :

— Tu trouveras bien de quoi t'occuper. Deux mois, ce n'est pas si long, c'est si vite passé…

Puis il a poursuivi, me suggérant, en quelque sorte, la solution que je ne pouvais pas refuser, puisque, au fond de moi, c'était peut-être celle que j'attendais.

— Je te connais depuis la communale, aussi je sais que tu es pire que ton père lorsqu'il s'agit de noircir des feuillets. Là, au moins, tu vas avoir tout le temps de le faire, sans te priver. Au contraire, tu peux affûter tes crayons ! De toute façon, avec le froid et le vent qu'il fait, crois-moi, tu seras mieux dedans que dehors. Cela pourrait faire geler tes idées ou s'envoler ton imagination.

— Nous sommes en février, c'est bientôt le printemps, alors cela m'étonnerait que le froid et ton mistral durent aussi longtemps que cet espèce d'emprisonnement que tu viens de m'octroyer sans pitié.

— Comme tu y vas, tu n'as pas les fers aux pieds !

Sur quoi, il est parti en riant, sans faire plus de commentaires, ou seulement :

— Un emprisonnement… Elle exagère ! Elle ne changera jamais.

J'ai refermé la porte derrière lui et soupiré, catastrophée :

— Qu'est-ce que je vais bien pouvoir écrire pendant deux mois ?

À dire vrai, c'est là que se cache mon secret.

En effet, durant ces deux mois, j'ai simplement écrit toute cette histoire contée, pour occuper ces journées de repos recommandées par la médecine. J'ai décidé de confier au bébé que j'attends tout ce qui a rempli l'antre séculier de mes pères depuis nombre d'années. Effectivement, j'avais devant moi tout le temps nécessaire pour expliquer cet hier qui me semblait si présent. Je voulais l'offrir à cet enfant qui allait naître, qui allait remplir ma vie, la transformer pas à pas, mot à mot, an par an, petit à petit, en petit paradis.

J'ai pris ma décision, ce jour de février dont je viens de parler, lorsque j'ai regardé mon ventre rond qui était, de fait, mon problème, puisque, à cause de lui, à cause de cette petite graine qui était en train de pousser, j'étais réduite à rester assise ou couchée. Un drôle de supplice en vérité. Pourtant, je me sentis aussitôt légère, prête à m'envoler dans une montgolfière, peut-être celle de Choufarelli, déjà rencontré, et me laissais porter ainsi, par le vent clairet du bonheur qui volait dans la pièce en petit enjôleur. Les murs qui m'entouraient me tressaient un cocon douillet, des bras hospitaliers et protecteurs. Où que se posait mon regard, c'était pour apercevoir des ombres qui se glissaient, entendre des paroles qui se tissaient, celles de tous les miens qui s'étaient succédé, éloignés, ou qui, sans le vouloir, s'en étaient allés pour autre part. Tout bouillonnait dans ma tête : des vues précises à les toucher, autant que des fantômes évaporés. Dehors, de la pierre cachée au rocher qui s'hérisse, du toit de la maison au son de mon clocher, chaque plante de la garrigue, chaque caillou de mes chemins, tout me chantait le même refrain, me contait la même histoire : celle de Jérémy et de son ami Benjamin ; tout me parlait de Mathieu, d'Émilie, d'Irma, de Louisette et même de Maria. Toute une maisonnée qui vivait à L'Épervière ou ne faisait qu'y passer.

Comment ne pas parler ? Comment ne pas écrire ? Surtout que L'Épervière, c'était, et c'est toujours, ma bastide, ma maison, mon château. Mais ce sera demain l'empire du petit roi qui me tient chaud au cœur, au ventre où il se blottit en vermisseau, car il va naître bientôt. Alors il m'a semblé essentiel de parler du passé, de ces deux vieux que j'aime tant ; il me fallait lui confier ce patrimoine familial, cet héritage encore intact, vivant, unique et spontané, puisque Jérémy et Benjamin sont ses deux arrière-grands-pères. Je ne voulais pas attendre davantage ni lui conter tout cela à haute voix, au risque, sinon, de voir mes paroles s'envoler, s'échapper dans l'espace du temps, comme tout bavardage. Vrai, que seront donc les mots qui s'écriront plus tard ? Seront-ils identiques à ceux-ci, à ceux-là ? *Qui lo sa* ? Qui peut connaître son destin ? Je ne voulais pas, non plus, manquer ce rendez-vous improvisé qui n'était peut-être pas le seul fruit du hasard…

Pour écrire tout cela, je me suis donc assise à mon bureau, et j'ai regardé le cahier neuf posé devant moi puisqu'il m'attendait, avec ses ailes grandes ouvertes, ses carreaux alignés, meneaux de cent fenêtres qui me tendaient leurs bras pour que je vienne m'épancher. J'ai pris le porte-plume, celui de mon enfance, ce bel outil d'écolier rangé dans son plumier, tout mordillé par l'impatience ou par des rêves inachevés. Sur le devant, sa queue était ornée d'une décalcomanie représentant le blason de Marseille : une croix bleue sur un fond blanc. À l'autre bout, une partie en fer brillant accueillait dans sa gorge, parmi toutes ses dents, une plume neuve argentée. Entre les deux, entre la tête et la queue, dans le manche torsadé, alambiqué, surprise ! Il y avait un minuscule trou percé où se cachait une image, derrière la loupe incrustée, tel un diamant, tel un regard un peu troublé et si troublant. Je l'ai levé face à la lumière, j'ai regardé dedans, comme je l'avais fait si souvent pour admirer avec une émotion certaine, teintée d'un brin de nostalgie : Notre-Dame-de-la-Garde en couleur. Une Vierge Marie qui resplendissait dans un ciel sans nuage, rieur : celui de la Provence, celui de mes aïeux. Enfin, j'ai sucé la plume, et surgirent, en même temps, les jours heureux de mon enfance : ceux du tablier, de l'ardoise, de la craie, du cartable ; ceux de l'odeur du chou, de la morue au réfectoire, accompagnés de toutes les senteurs du Midi : du thym, de la lavande, de la mûre chaude aussi ; de la menthe poivrée qui s'écrasait sous mes chaussures, lorsque je courais les sentiers tous les jeudis après-midi. Des petits temps bonheur, semés sur les premiers pas de ma vie, en petits cœurs, en confettis. Mais pendant ce temps de réflexion, de souvenir, ma plume a fini par sécher. Aussi l'ai-je trempée, vite fait, dans l'encre violette, acidulée, puis je l'ai essuyée plusieurs fois sur le bord de la collerette, sur le rebord bombé de mon bel encrier à la forme coquette, presque un flacon de parfum, celui de l'innocence et de l'imagination qui flottait dans la salle en de longs serpentins, en petits tourbillons. Là, sans plus attendre, j'ai écrit d'une main appliquée, enjambée d'habitude aux pleins et déliés, et je savais que je ne m'arrêterais plus, tant que mon chérubin n'aurait pas montré le bout de son nez.

Ainsi les mots ont-ils couru entre les lignes du cahier, puis se sont fondus dans l'eau du puits où j'allais précautionneusement les tremper, les choisir, pour les poser et les voir s'animer. J'ai écrit, écrit, écrit, car il ne me restait plus que cela à faire, qu'à me taire, m'effacer, pour laisser tout le monde vivre à son gré, à L'Épervière, ou à La Bastide Neuve à côté, presque pour de vrai, en tout cas sur un ton d'amusette, de galéjade et de joyeuseté.

Avril 1973. Aujourd'hui, les deux mois sont presque achevés et je pourrais poser le porte-plume, puisque j'ai terminé d'écrire tout ce que je devais, tout ce que je voulais dire du passé. Toutefois, pour que la boucle soit bouclée, il me faut encore raconter la dernière aventure : celle de la naissance de mon bébé. Je vais donc m'y atteler et tracer ainsi, avant la signature, les derniers mots, les derniers pas de cette histoire : l'écrit de la mémoire. Mais je vais noter, en même temps, les premiers mots, les premiers pas de la vie de mon enfant, pour en faire, finalement, notre roman de famille secret, intime et sacré.

Avant cela, il me faut pourtant préciser qu'à L'Épervière la vie a bien changé. Elle a pris quelques rides, a chassé tous les rires, pour les remplacer, malheureusement, par des peines auxquelles personne n'avait encore songé… La vieille bastide s'est métamorphosée, car il n'y a plus grand monde sous son toit, si ce n'est Yoann et moi…

Tout d'abord, ce sont Émilie et Mathieu qui sont allés s'installer à Aix. Ils ont plié bagage. Peut-être voulaient-ils ainsi nous laisser leur héritage. En fait, ils ont prétexté qu'il était plus facile, pour papa, d'habiter en ville, près des libraires et de son éditeur, vu son métier d'auteur ; et que, pour maman, c'était aussi plus agréable de retrouver la vie, le monde, les magasins, les salons de thé pour deviser en agréable compagnie. Presque, pour elle, le bonheur.

— Il y avait longtemps que cela couvait, mais ils n'arrivaient pas à se décider, s'est exclamé Jérémy, sans pouvoir leur pardonner cet abandon, malgré tout momentané, puisqu'ils revenaient déjeuner à L'Épervière chaque dimanche que Dieu faisait.

D'ailleurs, dès qu'ils arrivaient dans la cour, grand-père leur rabâchait en préambule, pour les accueillir :

— Alors, vous venez encore resquiller un repas ?

— Et comment ! Il ne manquerait plus que tu nous fasses payer ! Ce serait ridicule, lui répondait systématiquement papa.

— Pourtant, peut-être qu'un jour je serai obligé... Parce que, les rires ont beau être d'argent, ils ne sont pas, pour autant, sonnants et trébuchants comme des pièces de monnaie. Alors il se pourrait bien que vous ne mangiez, cette fois, que des rutabagas ! Demandez donc à Maria si ce n'est pas vrai !

Et ils rentraient tous les trois en riant, en se réconciliant.

Je suis donc restée à L'Épervière, avec grand-père, puisque je suis institutrice au village. Cela m'évitait de prendre un logement, et puis j'aime tant ma bastide et ses occupants qu'il m'aurait été difficile de les abandonner un seul instant. Seulement, je n'ai pas eu beaucoup de temps pour en profiter, parce que Jérémy nous a quittés le mois dernier, tel un farceur qui file à l'anglaise, sur la pointe des pieds. Ainsi, en catimini, est-il allé rejoindre Claire, au cimetière, comme on court sur le toit, dans la nuit, pour rejoindre une fiancée... Mais je ne me suis toujours pas habituée à son départ.

Néanmoins, de l'avoir fait vivre ici, dans ce cahier, de l'avoir entendu longuement parler, galéjer, cela a été en profiter encore un peu, et combler, malgré tout, le vide de son absence. D'ailleurs, il me semble qu'il est souvent près de moi, et c'est un grand émoi. À chaque fois, son image s'accompagne d'un gros chagrin d'enfant, autant que d'une déchirure de femme. Les deux en même temps où se mêlent mes larmes.

*
* *

Aujourd'hui, le bébé commence à s'agiter, à me donner des coups de pied. Mouvements qui deviennent de plus en plus nombreux, de plus en plus forts, longs et douloureux.

— Les choses évoluent… Il grandit… Bientôt il sort ! m'a dit Yoann, en posant ses mains sur mon ventre, puis sa joue, affectueusement, pour le sentir bouger.

— Ce n'est tout de même pas encore pour demain, lui ai-je répondu.

Ce qui lui a fait compter sur ses doigts les jours qui restaient, avant qu'il ne soupire en hochant la tête, sans m'expliquer ce qu'il pensait. Je crois qu'il était tout aussi impatient que l'était Jérémy, lorsqu'il attendait, en bouillant, mon arrivée, on l'a vu. Mais il est vrai que les derniers jours sont toujours les plus longs et usent les patiences sans aucune distinction. D'ailleurs, c'est ce que Maria lui a expliqué, à ce propos, un soir qu'il se plaignait de ne pas voir arriver *l'héritier des cigales*.

— Il se rajoute toujours des torchons à la lessive, sans qu'on y fasse attention. Mais les pièces sont là, et on s'en rend compte ensuite, quand il faut repasser.

Bien sûr, il lui a demandé :

— Mais que vient faire la lessive dans cette histoire ?

— Oh, je ne suis pas loin de la vérité. Vous verrez, lorsqu'il faudra laver des langes toute la journée, si vous n'aurez pas l'impression que quelqu'un en remet en douce, sans en parler.

— Ce n'est quand même pas moi qui vais le faire, non, avec deux femmes à la maison ! Ce serait le pompon !

Et il s'était mis à rire pour se moquer, et surtout pour ne pas s'énerver pour de bon.

Dernière chamaillerie parmi tant d'autres, perdue en cours de route, mais qui restait accrochée, en mélancolie, au bout de ma pelote, et que je n'ai pu m'empêcher d'évoquer ici.

*
* *

Ce matin, en se levant, Yoann s'est exclamé tout en riant :

— Demain, c'est le jour fatidique, le jour de l'événement, celui de l'avènement. Alors il faut que je le marque d'une croix !

Ce qu'il a fait immédiatement, en la traçant sur le calendrier avant de partir travailler. Pourtant, je me sens encore si bien, si loin de cette échéance espérée, que je suis prête à danser, chanter, à abattre même une forêt ! J'ai d'ailleurs bien envie d'essayer ! Enfin, j'exagère... Mais je peux toujours me lever, marcher un peu... Et c'est ce que je fais, en me dirigeant vers la fenêtre. Mais après quelques pas seulement, soudain je sens, entre mes jambes, quelque chose couler. Je tâte mon ventre, il est toujours gonflé. Mais je sens aussitôt la peur monter. Aurais-je tout gâché ? Non, je réalise que je suis en train de *perdre les eaux*. Alors, au contraire, il faut se dépêcher !

Sur quoi, je prends le téléphone, appelle Yoann qui s'affole ; puis j'appelle Vincent, qui, lui, commente sur un ton décidé :

— J'arrive !

Puis il a rajouté tout de même, le sourire à la voix, comme si c'était le moment :

— J'espère que tu as mis le point final à ton histoire ?

— Heu... oui... pratiquement... Manque plus que le dénouement.

— Tant mieux, parce que maintenant, finies les écritures ! Tu vas avoir les bras bien occupés pour un moment.

Il raccroche, me laissant seule, inquiète, les contractions se rapprochant et me pliant en deux. L'instant d'après, debout, je me courbe en arrière pour me soulager, puis je fais les cent pas du lit à la fenêtre, passant devant le bureau où le cahier reste posé, avec sa page grande ouverte. Mais je suis loin d'avoir envie d'aller le griffonner. Les douleurs commencent à augmenter, comme si cela était possible. Je les croyais déjà à leur maximum d'intensité ! Je suis heureuse et angoissée. Si cela allait mal se passer…

Puis je finis par m'allonger et dis tout haut, en serrant les poings :

— Grand-père, je t'en prie, de là-haut, si tu m'entends, dis-leur de se dépêcher, ou je ne sais pas ce qui va se passer !

Combien de temps va s'écouler dans la douleur et dans le doute, l'affolement et le bonheur ? Je l'ignore, car je n'ai pas compté. Mais je ris, je pleure, je crie et je m'allonge quelques minutes, épuisée.

Maria entre à ce moment-là, pose du linge près du lit, bouge le berceau du petit, puis, me regardant, prend ma main pour dire sans sourire, mais en la tapotant :

— Ne t'inquiète pas. Cela va se faire naturellement. Avant, tu sais, on n'appelait même pas le docteur. Les femmes étaient solides !

Ce qui ne me rassure pas du tout, inutile de le dire.

Soudain, lui coupant la parole, la porte s'ouvre, et Vincent Roumarigue fait son entrée.

— Alors, Alixia ! Qu'est-ce que ça dit ? Tu as réussi à m'attendre ? Tu as bien fait. C'est une très bonne idée.

— Je commençais tout de même à trouver le temps long, parce que c'est le premier, et que je ne suis pas sûre de bien me comporter.

Mais il me répond à son tour :

— Penses-tu ! Cela va se faire naturellement. On n'a jamais rien appris ni inventé. Tu feras comme toutes les mamans. Et puis maintenant je suis là, alors il peut bien arriver quand il voudra !

— Naturellement ? Tu en as de bonnes !

Je suis même tentée de rajouter :

— Ce sont des paroles d'homme, et il n'y en a pas un qui a une seule fois accouché.

Mais je n'ai pas le temps de l'exprimer, que la contraction est là, puissante, me faisant hurler. La sueur couvre mon visage, défiguré par l'effort et la douleur.

— Voyons voir où nous en sommes…

Mais pendant que je souffre, il s'exclame en riant, tout en enfilant ses gants en latex :

— C'est qu'il pointerait son nez, ce gaillard. Il est même en train d'arriver. J'ai bien fait de me dépêcher ou je le retrouvais par terre, à tes pieds !

Le temps de pousser encore, de me crisper, de crier un peu, et Yoann arrive à son tour, jette sa veste sur une chaise, puis enfile la blouse que lui tend l'infirmière qui accompagne Vincent pour l'assister dans l'accouchement. Il se penche, m'embrasse pour m'encourager, me prend la main et m'essuie le front, alors que je le sens trembler.

— D'un peu, tu loupais tout, mon vieux ! lui fait remarquer Vincent en se moquant. Faudrait voir de rajuster un peu tes lunettes. Pour un opticien, ça marque plutôt mal !

Yoann lui répond, étonné :

— Pourtant je me suis dépêché, mais ce n'était prévu que pour demain, tu sais.

— Très juste, Auguste ! Seulement lorsque le paquet est posté, c'est comme aux PTT, parfois y a de l'avance ou du retard, et tu n'es pas toujours là pour signer !

Moi, loin de leur discussion, je suis rassurée, à croire que c'est Yoann qui va m'accoucher. D'ailleurs, Vincent lui fait remarquer :

— Je crois que tu l'aides mieux que moi. Il a suffi qu'elle te voie pour retrouver ses forces et son sourire. Moi, jusque-là, je n'ai eu droit qu'à des *brigues* et des reproches. Même le petit, quand il a entendu ton pas dans l'escalier, il s'est pressé pour voir un peu la tête que tu avais. Alors faites-lui bonne figure tous les deux, car il arrive ! Pousse ! Vas-y, vas-y, encore un peu ! Voilà !

Sur quoi, pour faire plaisir à tout le monde, de la même façon que saute un bouchon de champagne à la fin d'une bonne soirée, enfin, tu es né.

Aussitôt, tes cris se sont mêlés aux soupirs de satisfaction de Vincent.

— C'est un garçon ! Comment allez-vous l'appeler ? Pas Kid Carson, j'espère, car, dans la famille, vous avez l'art et la manière de vous faire remarquer...

— Jérémy ! lui avons-nous crié tous les deux, les larmes aux yeux.

— Ah, pour être original, ça c'est original ! Qui est-ce qui vous l'a soufflé ?

Mais Maria, qui, entre-temps, est arrivée, s'écrie en joignant les mains, prête à prier :

— Mon Dieu, qu'il est beau ! Il a tout comme il faut où il faut !

Et si grand-père était là, il rajouterait : « Qu'est-ce qu'elle croit ? Bien sûr qu'il est beau ! Elle imaginait que tu allais nous faire un *rastacouère* ou un ostrogot ? Elle est fine, cette pauvre Maria, pire que du gros sel ! Et pas n'importe lequel, pas celui qu'elle jette dans l'eau pour faire *l'aïgue sau*. Non, un bien costaud, un mastodonte, que l'on vient juste de ramasser à Salin-de-Giraud ! »

Une fois posé sur mon ventre, j'ai vu que tu étais aussi brun que ton père et à la voix bien décidée.

— Il a déjà un fichu caractère ! Rien d'étonnant, avec le prénom que vous venez de lui donner. Car il était un peu soupe au lait, à ce qu'il paraît, l'arrière-grand-père ? remarque Vincent, pour nous faire *bisquer*.

— Le caractère, cela ne suit pas forcément les générations. Vous devriez le savoir, docteur, et heureusement, parce que sinon, pauvre de moi, à mon âge, je n'ai plus qu'à démissionner ! a conclu cette fois Maria avant de s'en aller.

Mais dès que je t'ai serré dans mes bras, embrassé, tu t'es calmé, endormi la bouche en cœur, presque à nous envoyer un baiser. Et c'est nous qui t'avons dévoré des yeux, à faire pleurer le bonheur !

*
* *

Trois jours ont encore passé, et j'écris cette fois les dernières lignes, l'ultime chapitre que je n'avais point achevé. Après quoi, je rangerai pour de bon, dans le tiroir du bureau, le porte-plume et l'encrier.

Une fois la relecture de la dernière page achevée, suit un long soupir de satisfaction. Alors, avec application, au milieu de la couverture sur laquelle j'ai déjà collé ta première photo, je note en grosses lettres penchées : *Jérémy*.

Et je referme le cahier.

Je sais que grand-père t'appellerait *l'héritier*, s'il le pouvait. « L'héritier Guénolé ! » dirait-il en riant, comme pour se moquer, parce qu'il sent que tu vas lui échapper.

Je l'entends aussi me confier : « Je ne sais pas si ça lui plaira beaucoup, tu sais, de s'appeler Jérémy, parce que c'est un vieux prénom, et un prénom de vieux ! Mais ça me fait plaisir tout de même. Merci à tous les deux, pour l'intention. »

Puis, perdant son sérieux, il rajouterait encore : « Ce *caganis,* c'est peut-être bien le trait d'union qu'on attendait, mais voilà qu'en prime la Bretagne s'est aussi invitée et vient, par génération interposée, se planter maintenant dans la garrigue de notre chère Provence. De quoi complètement nous *estoumaguer* sans complaisance, parce qu'il va falloir s'enfiler non pas des crêpes Suzette pour le goûter, mais des galettes de Sarrasin, tartinées de beurre salé, midi et soir et toute la journée… C'est Maria qui va être contente, parce qu'elle n'a pas fini de les faire sauter ! Mais *vé*, Élise, qu'est-ce que tu veux que je te dise ? Pas besoin de discuter, c'est la vérité vraie du père Bésajé ! »

Je lui souris avec affection, parce que je sais qu'il est là, près de moi, même si je ne le vois pas. J'imagine qu'il te contemple avec amour, d'un regard bienveillant, même s'il ne peut pas te le dire vraiment ni te le montrer en te serrant dans ses bras. Je devine encore qu'il vient de t'embrasser, car, tout en dormant, tu viens d'esquisser un sourire qui lui est certainement destiné. Alors je sors sur la pointe des pieds, et ferme la porte sur votre doux secret pour vous laisser poursuivre cette conversation étrange.

Après tout, ne dit-on pas que les bébés sourient aux anges…

Cet ouvrage a été imprimé
en février 2013 par

CPI

FIRMIN-DIDOT

27650 Mesnil-sur-l'Estrée
N° d'impression : 116886
Dépôt légal : février 2013

*Imprimé en France*